三民叢刊 248

南十字星下的月色

張至璋 著

三民書局 印行

小說、橋牌與電影

夏祖麗

一九八一年，至璋以《飛》贏得《聯合報》小說獎，這是他第四次得到《聯合報》小說獎。得獎後他在接受訪問時說：「寫小說像打橋牌，打橋牌要設計出一個穩當的佈局，把對手一步步帶進你的羅網內。小說也是如此，在一個合乎邏輯的架構中，以一段段情節，帶領讀者進入故事中。」

我寫作，但是不打橋牌，不過常看打橋牌的人，一手執牌，一邊卻苦苦思索，想找出一條最好的牌路。這點，與寫作的人在陷入佈局苦陣中的情形，頗為相似。所以我想，至璋的比擬應是十分確切的。

至璋在政大法律系念書的時候，極熱中打橋牌，是政大橋藝社長。畢業後，先後在中國廣播公司擔任記者、「早晨的公園」節目主持人，然後參加了華視籌備開播，之後擔任記者、主播、新聞製作組長等。由於新聞工作十分忙碌，橋牌一擱幾乎二十多年。

一九八六年他應聘來澳洲工作，還是做新聞廣播本行。由於生活閒適，兩個孩子也都大了，他想正是組個家庭橋牌隊的時機，於是塞給了我和孩子們一大堆橋牌入門書籍。

孩子學習快，我卻與任何「牌類」無緣。至璋退而求其次，先教大家比較容易的「打百分」。於是每天晚飯後，全家上桌「開打」。至璋發揮了電視播報記者的口才以及學法律得來的邏輯條理，每付牌，甚至每張牌都要檢討一番。我經過一兩回合的腦力激盪以後，往往在客廳的燈光下已昏昏欲睡，出了這張牌，早已忘了上張是什麼。

因而我們終究沒能組成家庭橋牌隊，這恐怕是至璋的終生遺憾了。不過我聽說橋牌夫妻檔或父子兵，不得善終的多得是，有吵到離婚的，也有反目成仇的。以前美國有對橋牌夫妻檔，牌桌上吵架吵到家，丈夫竟然一槍斃了太太的命。我深深慶幸我們家庭隊的流產。

現在至璋每週去墨爾本的橋牌俱樂部打牌，搭檔有大學教授，有屠夫；有電腦專家，也有花匠。澳洲人階級觀念淡薄，至璋一晚上按輪迴賽的方式，會打上十幾桌，遇到幾十位不同身分、年齡、性格的人。他在一面思索牌理之餘，一面觀察每個人，因為牌桌上人生百態，正是他寫作的好素材。

3 小說、橋牌與電影

至璋的喜歡觀察人生，在他的第一篇小說〈洞〉裏就表現了出來。那篇小說一九七七年為他得到第一個《聯合報》小說獎，評審夏志清先生在報上發表他的評審報告說：

「我圈選的五篇，四篇是肯定人生、歌頌人生，惟獨〈洞〉刻劃了、也嘲諷了那種在大都市裏與人隔離，在幻想和孤獨中得到滿足的『現代人』。批評家屈靈(Lionel Trilling)認為正統『現代』文學，是反社會、反文化的，其最有代表性的角色即是自隔於傳統價值的孤獨人物。我選上〈洞〉，不僅是它寫出這樣引人入勝的小說，更不容易的是他能在潘滿貴這個排字工人身上，充分捕到『現代』氣息，……」

我和至璋雖然沒有成為橋牌搭檔，但卻是看電影的好夥伴。至璋自小愛看電影，而且看得很深入，他看電影時對導演如何表達原著，如何以技巧佈局，如何轉接場景來吸引觀眾，非常注意。而我則是憑感性看故事，憑愛好看演技。我們看完一場電影，常常討論很久，互補所遺。他認為自小看電影，對他後來寫小說有很大幫助。

他在寫小說之前，任何細小情節，腦海中已構織成一幅畫面，甚至發展出一段劇情影片。他常以觀眾的眼光去「看」，並不斷修改「場景」，如果它好看、合理、吸引人，他就照這樣「寫」下去。他過去的得獎作品〈飛〉、〈慾〉、〈洞〉都被評審認為像電影，還有兩次有電影公司跟他洽商，要以他的小說拍電影，但後來並沒有拍成。

至璋寫小說起步較晚，寫第一篇〈洞〉時已三十六歲，五年之後把各短篇結集成書，書名就叫《飛》（純文學出版社出版），這些「一字小說」，都選擇一個現代社會發生的現象為主題，寫出問題人物、問題家庭和問題社會中的親情、苦痛，讀來令人心酸，心頭沉痛。

他不是個多產作家，《飛》出版後，他幾乎放下了寫小說的筆。來到澳洲後，我們經常出遠門旅行，也訪問了不少地方。至璋在工作之餘，寫了些報導性的東西給國內，也寫了些散文，可是在「南十字星的月色下」，他常常不能忘懷於寫小說。

有段時期至璋熱中寫極短篇。他認為人的一生不會都有可歌可泣的長篇故事，但卻有許多稍縱即逝，發人深省的小篇章。《張至璋極短篇》（爾雅出版）中收錄了他的得獎小說，以及《讀者文摘》英譯推介的極短篇。

一九九五年是他的寫作豐收年。這年他得到兩個大獎，一個是他以一篇自傳體小說〈鏡中爹〉得到第一屆海外華文文學獎。〈鏡中爹〉後來被澳洲國家大學譯成英文出版。那年他還得到澳洲聯邦一萬五千澳元的寫作獎助。多年前女作家琦君女士對他寫小說的背景，曾有一番很好的解析：

「他童年時代喜歡看梅遜探案和翻譯小說，長大後從事新聞工作，對人間世相，不由得養成客觀觀察，冷靜體認的習慣，善惡美醜喜怒哀樂，點點滴滴都銘刻心底。到了某一階段，自自然然便凝聚成一篇小說。他的小說，故事性很濃，情節安排頗見巧思，有相當的說服力。」

琦君女士說得對。其實不只寫小說要多觀察思考，打橋牌和看電影也一樣。對至璋來說，其間沒有多大區別。

本書的兩篇小說，故事背景是海外，故事主角是兩代海外華人。至璋在海外多年，長期細心觀察海外華人的生活、心情，面對不同文化的衝擊、應付，以及對自己文化的反思，他曾寫過好些篇報導。但他總覺得有時如能以「小說」來表達，更能揮灑。「南十字星下的月色」是他嘗試的第一個長篇。本書中的兩篇小說，人物是創造的，但他（她）們的思想言行，其實也是某個時期海外華人的寫照。

時代在進步，社會在改變，今天的海外移民早已不是以前的三把刀（菜刀、剪刀、剃頭刀），心態上也漸漸從「落葉歸根」變成「落地生根」。一代代海外華人的形態正在改變，應該有人把它紀錄下來，不論是以小說或報導的形式。

二〇〇三年三月　於墨爾本

南十字星下的省思

南十字星有五顆，只在南半球看得到。它與北半球的北極星一樣，是航海導航定位的標竿。兩百多年前，英國人靠著它的指引，來到澳洲這個最古老的大陸塊。成為英國人繼北美洲新大陸後，開拓的更新殖民地。

南半球陸地不多，澳洲更是孤懸海中。奇花異草，各類有袋動物，奇怪的地理環境，非僅形成特殊風貌，也孕育出與其他地區社會不同的人文氣質。這些往往表現在澳洲的各國移民社會中。

一九九〇年的前後幾年，很多華人自中國大陸、香港、臺灣移居澳洲。

那幾年正值北京六四動盪前後，大批藉學習英語名義，設法來到澳洲的青年，以回國會遭迫害為由，向澳洲政府申請人道永久居留。他們之中，許多人無力求學，尋找工作困難，前途未定。生存壓力逼迫他們想盡方式，在異域社會掙扎求存。

那幾年也是臺灣移民澳洲的高潮，其中大多數是商業移民。他們有感於臺灣未來發展不易，來到澳洲尋求投資機會，或為子女安排未來的生存環境。但是因為習俗、語言、文化、經濟迴異，異鄉終未盡符合理想，常造成進退失據的窘境。

香港移民多數是為九七回歸前，找個過渡棲身之地，靜待九七後的情勢，再定未來。

這些澳洲華人移民，與百年前的開礦華工後代，三十年前的越棉寮華裔難民，以及大英國協制度下的星馬移民，不僅移居原由不同，文化社會背景也相異。儘管澳洲白人常把他們視為同樣是子女學業優秀、全家用筷子吃炒飯的族群。

東方人在西方人眼中，似乎永遠是種神祕。神祕感的結果，不是敬而遠之，就是想近而探祕。華洋雜處的澳洲社會中，華洋之間吸、斥的作用很是明顯。

本書的故事發展雖以此為背景，但並非代表華洋間，或華人間的互動關係。更不足視為華洋間或華人間，文化差異和道德標準的模式。因為正如前述，海外華人移民社會文化背景不同。同樣地區的移民，其境遇和價值標準也不相同。從而在南十字星下發生的這個愛情故事，應是多樣化海外華人社會中的一端而已。至於〈我們一共兩百八十歲〉則是道出徘徊於是否移民國外的人的心結，故事結局當然也不是標準抉擇。

〈南十字星下的月色〉故事中主角人物的下場，或是悲劇，或遭遇暫時性重大打擊，雖非移民社會常態，卻適足反應若干移民現象。西班牙一位作家說，每個移民背後都有一根針。從這方向看，似乎他（她）們的父母在決定移民出國時，該更深思熟慮一點。可是故事中的主人翁都是成年人，也該為自己的行為負責。因此若把故事結尾視為對海外青年人的警惕，也許更積極些。然而話由這位西班牙作家口中說出，不也正說明，西方國家移民也存在不少辛酸嗎？

〈南十字星下的月色〉是一九九一年底開始，在《中央日報》海內外版副刊上同時連載的。〈我們一共兩百八十歲〉則是一九九三年在《中華日報》刊出。在此之前我寫的都是短篇或極短篇，對於初試長篇，自覺還不夠成熟。當時的中副主編梅新兄，連載結束後與我在頂好對面喝咖啡時建議，不妨以海外移民為背景多寫點小說。現在離連載已忽忽十幾年，才華洋溢的梅新兄也不幸在五年前以盛年早逝。倡導文學、紀錄文壇不遺餘力的三民書局，現在將這本小說出版問世，對終年不斷移民外出的臺灣社會，或可做個參考。對我來說，卻是對一位文友的懷念。

二〇〇三年三月美伊戰爭開打

南十字星下的月色

目次

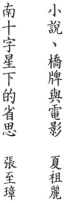

南十字星下的月色

一、傷別

出了墨爾本市區，沿高速公路往北走，終點就是國際機場。

車輛無情地往前疾馳，引擎的嘶喊，似乎要撕裂宇宙的永恆。

前往機場的人，送別也好，被送別也好，心情本就沉重，偏偏通往機場的總是條高速路，那麼快，唯恐人們會多留下一點兒鄉愁。

——我就這樣走了嗎？

何偉林緊鎖眉頭，呆滯的目光，從前座車窗望向遠方。雋秀中隱現幾分英氣的臉龐，原不該緊鎖眉頭；白皙微紅的臉孔，也不該長出兩道濃黑劍眉，這些都不相襯。但是那副鑲銀邊近視眼鏡，多少調和出了書卷氣質中的英挺文雅。

澳洲的四月正值初秋，敏感的楓葉早已轉換，有的一樹火紅，有的一叢嫩粉，更多的是滿樹金黃。透過陽光，正在舞弄今秋最後的無奈。一陣秋風拂過，只有颯颯地飄下，任人踩落。

何偉林突然回頭，想再望一眼遠處的大學，卻發現早已沒了蹤影，卻引來後座母親的不安：

「忘了帶什麼東西嗎？」

「沒有，媽，都帶來了。」

何偉林感到有點自私，回頭對母親身邊的妹妹說：

「玉林，妳不覺得今年的楓葉特別美？」

「是美，可是往年也一樣呀！」

何玉林沒有哥哥那種複雜心情，十八歲的女孩，正是欣賞玫瑰豔紅的時光。

何偉林看看身旁駕車的父親，依然是那副萬事篤定的神情。早年的軍旅生活，使得何志海腰桿依舊挺直，即使滿頭飛白，卻永遠精神奕奕。

何偉林正想找句話說，父親卻先開口了：「保羅和馬修也會來吧？」

「會，爸，他們昨天還陪我去銀行呢！」

何偉林腦海中又浮現了校園，母親的話打斷了他的思緒：

「志海，待會兒請保羅和馬修來家裏吃個便飯吧。」

沒等父親答話，何偉林就說：

「媽，不必了，好同學幫這點忙算不了什麼，澳洲人沒這麼多禮，他們今天還有自己的事。」

「哥說的對，媽，妳忘了上次在我們家，凱茜不敢吃皮蛋的事？」

——凱茜？

——對了，凱茜！最近那麼多令人心碎的事，竟把凱茜給忘了？像是隔了幾世紀？

何偉林心頭湧現一絲酸楚。

「偉林，凱茜在法國念得怎麼樣呀？」母親問道。

「哦，凱茜？……媽，凱茜還不錯，她在巴黎有表姐照顧，她不會寂寞的！」

「我是說凱茜書念得怎麼樣了？」母親又問。

「哦，書？她早已上課了，我想念得還不錯吧，在巴黎學時裝設計會很忙的。」

車子轉換了條直往機場的高速路，路兩邊是青嫩的大草原，偶爾有一兩棵獨立的矮樹。

「哥，我一直很喜歡這種大自然的純潔，你也會想念的。」

——大自然的純潔？

——不就是芬芬？

——芬芬，妳在那兒？

——芬芬，妳當真離開了這世界？

紊亂的思緒，憔悴的心靈。何偉林到了機場，在雙親、妹妹、老師及同學的簇擁下，劃好座位，磅完行李，驗好護照，然後合影，互道珍重。也記不清說了些什麼，回答了多少遍母親的叮嚀：別太省錢、記得寫信、別太想家……

腦海裏充塞了理不清的思念和惆悵，當他茫然跌進機上的狹小座椅時，彷彿有股就要遠避塵世的感覺。

一名黃制服的空中小姐，趨前提醒他扣上安全帶。一名男服務員，逐座送來耳機、溼紙巾。當偉林把耳機塞進椅背袋中時，一件小紀念贈品吸引了他，一隻毛茸茸的灰褐色小無尾熊。

——無尾熊！

——芬芬的那隻無尾熊呢？

——我怎麼沒帶著？太多的衣服，太多的書，太多的照片，怎麼卻把它給忘了？

當飛機滑離空橋的剎那，他急忙傾身到窗前，努力向外搜索：

——我真要離開了！

——爸爸、媽媽、妹妹，慢著！我有話要說！

——我真有好多話要說，芬芬！

——飛機能不能停一下？就算出了事，或是有人劫機也好，只要停一下……

飛機前衝的壓力，把何偉林壓向椅背。

引擎瘋狂加速，尖銳怒吼，沒有一點保留，沒有半分依戀。

它終於騰空而起，慢慢地，把墨爾本和一切都給拋遠。

二、春天

九月初，春天剛露出臉來，綠草就已塗抹了大地。

肥白的綿羊群，是最好的剪草師，默默低頭啃嚼著，把一片片枕頭般的丘陵草地，剪理出地毯也似、平滑柔軟的嫩綠。

藍天，乾淨得掛不住一朵白雲，如果不盯住看，那白雲倏忽間會融化得無影無蹤，卻偷偷從天的另一邊，凝結出些許細白游絲。

那個野生動物園，位於墨爾本東郊七十多公里外的丘陵中，裏面都是溫馴的動物，遊客都能親近牠們。

最多的自然是紅袋鼠，健壯而靈敏，你舉起食物，牠們會扶老攜幼地挨近，可是當照相機快門一響，卻撅起長尾巴，用粗大的後腿，滑稽地蹦向四處。那鴕鳥的親戚鴯鶓，會瞪了一對大金魚眼，探頭到你的太陽鏡前，端詳自己的尊容。

鳥區是個瘋狂世界，求偶的琴鳥，展現比孔雀還長的尾巴，唱出豎琴般的情歌。耐不住寂寞的笑鳥，在枝頭放懷大笑，準有幾位觀光客，會左顧右盼，是誰如此放肆大笑？

遊客們三五成群，聚在木條椅上或遮陽傘下，或乾脆在草地上席地而臥，烤香腸、吃乳酪、喝啤酒，愉快地享受著。

何偉林挽著張芬芬的手，隨著一些遊客，走過一個原木搭建的長橋。長橋貫穿過大片的尤加利樹林，是一處天然環境的無尾熊區。

一陣微風吹過，張芬芬閉上了眼、深吸了口氣。

「天氣真好，真舒服。」

何偉林低頭看張芬芬，她正閉著眼，仰頭陶醉在和風中。她不太黑的頭髮很柔細，容易被風吹動，特別是耳邊的長髮絲，一根根地飄揚起來。她伸出中指，慢慢把它們攏到耳後。她的手也很細柔，但略嫌蒼白了些。她伸手指的樣子，好像是蘭花瓣，也像是京戲裏那種繡花的姿態。

「你不覺得嗎？」張芬芬問道，仍然閉著眼。

「不覺得什麼？芬芬？」

「天氣真好，真舒服。」

何偉林連忙說：

「對，真不錯。抱歉，我只是覺得妳的頭髮很軟。」

芬芬睜開眼，微笑著問：

「偉林，你在偷看我頭髮。」

偉林不好意思，忙說：

「不是，沒有。妳喜歡這兒的春天嗎？」

「當然喜歡，這兒夏天熱不熱？」

「有時候熱，太陽底下會到四十度，進了屋子又涼快了。芬芬，妳來了有半年了吧？」

「對，我們三月搬來澳洲，現在九月多。」芬芬想了想說：「真有意思，那時候臺灣還是春天，陽明山花季剛過沒多久，不到半年，現在又過春天了。偉林，你想念臺灣嗎？」

偉林回答：

「想呀，我一直都跟以前的初中同學保持聯絡。九年多了，他們一定也變了很多，臺灣整個都變了。」

「他們一定跟你一樣，該大學畢業了吧？」

「應該是。」

高而寬的木橋上，遊客幾乎跟矮樹叢一樣高。那些一隻隻攀在樹幹上，嚙著樹葉的無尾熊，灰褐身體肥而圓，兩隻圓耳朵長滿了毛，很可愛。小熊都趴在母熊背上，平穩地抓緊毛。牠們不理會遊客，靜靜地用前爪扯著樹葉，像猴兒般地送進嘴裏，或餵給背上的小熊。

「偉林，為什麼叫無尾熊？」迎著風，芬芬瞇起了一雙霧也似的眼睛。

「我也不知道，大概因為牠們沒有尾巴吧。也有人把牠們叫樹熊，因為牠們一生都活在樹上，牠們只吃一種特別的尤加利樹葉。有趣的是，牠們不把整棵樹葉吃光，是不會下地去換另一棵樹的。如果這棵樹夠大，樹葉生長不息，那麼牠從生下來所住的這棵樹，就是牠永久的家。」

「真好玩，以樹為家，一定很安全。」

「也不見得，有時候牠們非爬下樹來找另一個家不可，結果往往結束了生命，不是給野狗吃了，就是在路上被汽車壓死了。」

「太可憐了，牠們連車子都不會躲？」芬芬問。

「牠們不會自衛，比兔子還老實。妳沒見我們來的時候，路旁不是有個大牌子：前面無尾熊區，小心慢駛。無尾熊的意外死亡裏，被汽車壓死的比例很大。」

「好可怕。」芬芬接著問：「牠們在樹上不喝水？」

偉林笑著說：「很多人這麼問，其實樹葉的水份足夠了，牠們很少動。芬芬，走累了吧？我們去喝點什麼？」

在吃冰淇淋的時候，偉林注意到芬芬一言不語，只是慢慢地一小瓢一小瓢往嘴裏送。

她的嘴很小巧，有點像還沒長大的孩子，下唇很豐滿，上唇的輪廓也很清晰。這樣的嘴唇應該是很甜美的，可惜的是跟她的手一樣，偏偏缺少了點血色，如果不著口紅，只現出淡淡的桃紅色。

她一瓢瓢把冰淇淋慢慢往嘴裏送的模樣，倒有點像吃樹葉的無尾熊。偉林不自覺地愛憐起來，問道：

「芬芬，妳在想什麼？」

突如其來的一句話，芬芬有些驚訝，隨後說：

「我在想這些無尾熊很純潔，卻又可憐。」

「跟妳一樣。」偉林心有所感，很快接道。

「哦？」芬芬放下茶匙，抬頭笑出兩個酒窩說：

「我像無尾熊？為什麼？我很幸福呀。全家來到澳洲，在同學會上認識你，帶我玩，教我英文，準備明年進大學，我怎麼會像無尾熊？告訴我，偉林！」

偉林沒有正面回答她的話，卻問道：

「芬芬，妳父親最近又提到了我嗎？」

芬芬突然停止了笑容，把茶匙放在盤子上。

「沒有，但是對於我出門，還是問得很清楚。」

偉林略蹙著眉，對芬芬說：

「妳該跟伯父解釋，常出來對妳好，多認識環境，多練練英文，明年上大學不會吃力。」

芬芬推開冰淇淋，用紙巾輕輕在嘴上抿著。

「他都知道，所以他要給我找家庭老師。你知道，他並不是認為你的英文不好，他根本不認識你。他只是……只是要我別跟你在一起。」

回到樹林裏，偉林問：

「伯父是不是比較守舊呢？」

「也不是。」芬芬回答：「他很會做生意的。當年要不是他在股票上發了，也不會投資移民來這兒了。」

「也許妳父親是對的。」偉林說。

「爸爸是受到幾個朋友慫恿移民的。」芬芬想了想又說：「他們多半在臺灣還有工廠，至少還有事業或生意，可是我爸爸卻把臺灣所有產業都結束了。」

「伯父原來不是開個餐館嗎？」

「是啊，淡水的一個海鮮店。可是他把它賣了，連兩個房產也賣了，媽媽曾勸過他，可是他說臺灣有什麼好留戀的？到澳洲去不到三年就拿到護照了！」

「伯父現在的理想是什麼呢？」

「我也弄不清楚，他在申請移民以前，來澳洲各地考察過一個月，回來說澳洲房地產好做。可是去年全家搬來後，發現澳洲經濟已不容易再向上升。」芬芬掐了片尤加利樹葉，湊在鼻子上細細聞那葉汁的清香，然後說：「我爸一來就買了我們現在住的房子，另外還有一棟大房子和一塊地。可是聽說現在房價反而跌了，那棟大房子也賣不掉，只好租出去，房客也是臺灣來的移民。至於那塊地，現在要定期繳空地稅，爸計畫等一兩年後，蓋幾棟小公寓。」

「那妳爸爸心情一定不好。」偉林說。

芬芬笑了笑：「才不呢！他樂得很，現在三天兩頭跟朋友去釣魚，也不知道他都在那兒釣，常常黃昏出去，第二天清晨才回來，他說晚上的魚好釣，又新鮮又肥。現在他也打高爾夫球，每星期換一個新球場，他說他的球技現在一定比李登輝還好。」

「是嗎？伯父以前在淡水大概常打球了？」

「沒有，他都是在澳洲學的。我們以前住在淡水，可是他不是會員，只能偶爾跟朋友上山玩一次，玩一次總得花好幾千塊，他認為臺灣的高爾夫球，都是給有錢有勢的人玩的。」

「現在讓他多玩玩也好。」偉林想不出什麼好說的。

「可是媽常勸他，說以他這種年齡就養老，還早了點。可是爸不聽，他把希望都放在我身上。」

「哦？」

偉林見芬芬停下了話，就又追問：

「伯父希望妳學業有成也是對的呀！」

芬芬嘆了口氣：「去年我在臺灣考上輔仁中文系的時候，爸很不高興，他要我想辦法轉系，我好傷心。」

「他要妳念什麼呢？」

「貿易、會計、銀行……什麼都行，就是不要中文系。爸很固執，很多事我很難跟他溝通。」

偉林心有所感說：

「我想妳爸是不容易改變的人。」

芬芬發現偉林的愁苦表情，說：

「偉林，你要堅強起來，不要像我這麼脆弱。」

芬芬眼圈有點紅。

幾隻大烏鴉由低空掠過，一棵光禿禿的枯樹幹上，站著幾隻紅綠鸚鵡，被烏鴉的叫聲驚動，振翅飛去。

「芬芬，妳喜歡中文，我念詩給妳聽。枯藤、老樹、昏鴉，吃香腸走天涯。」

芬芬忍不住笑了出來：

「你這數理生，還蠻酸的，斷腸人在天涯！而且中間漏了兩段呢，太可笑了。」她接著問：「偉林，我怎麼在澳洲老看見烏鴉？」

偉林笑著說：

「澳洲鳥多，烏鴉尤其多，有時候會在屋頂站滿一排屋脊。傳說在沙漠裏，烏鴉會倒著飛。」

「那有這回事？」芬芬噗哧笑了出來。

「真的，沙漠裏風大，滿天塵土，烏鴉倒著飛，才不會瞇眼。」

「我不信！」

兩人都笑出聲來了，偉林忽然把芬芬的手，牽起來送到自己嘴上，清脆地吻了一聲。

「偉林，不要這樣，人家會看見。」芬芬抽回手，交叉放在身前走著。

「芬芬，這是澳洲呀！妳看他們趴在草地上接吻，沒有人去理會。」

「可是我們不同，我們不是他們。」

「但是妳現在在這兒長住了，就該融入他們。」

「當然啦，可是人該有所選擇。」芬芬很快接道。

「妳這句話倒跟我爸爸說的一樣，人要有選擇，不能被環境給改變。爸爸常提醒我妹妹玉林，不要忘了臺北的日子，不要忘了臺灣讀書的辛勤，不要忘了我們的文化。」

偉林不自覺地握緊了芬芬的手。

「你爸爸不對你說嗎？」

「我大了，我們來這兒的時候我已經念初二了，玉林那時候連小學都還沒畢業。」

「你爸爸一定很正直，雖然我沒見過，但是很奇怪，我很喜歡他。」芬芬有所感而說。

「他雖然退役很久了，但是一直有軍人個性。」

「他最近好嗎？」

「還是那樣子。妳知道一個在海外生意失敗，在中國餐館幫忙管帳的人的心情，要不是一個意志堅定的人，也許早崩潰了，可是他卻從來沒抱怨過。」

「真不容易，你媽還常去幫忙嗎？」

「有時候。」偉林接著說：「芬芬妳知道，我家移民來澳洲比妳們早，又沒有什麼資金，我爸爸著實經歷了好幾年的辛苦日子，都虧他那堅忍的個性才度過來。」

芬芬低頭走著，選擇地上的一小根一小根樹枝，踩在上面，聽它發出輕脆的斷裂聲。

「芬芬，秋天的時候，我帶妳去北部一個楓葉谷，那兒滿山滿谷都是各種不同顏色的楓樹，美極了。如果妳愛踩楓葉，在樹林裏散步，一天都踩不完。」偉林興奮地說。

「太好了，真希望春天夏天快點過去。偉林，你已經帶我玩過不少地方了，我覺得我們好像已經是幾年的好朋友了。」芬芬愉快而天真地說，她仰起頭，讓風把頭髮吹散在背後。

「好吧，妳高興就好，我們就永遠做好朋友吧！」

要關園了，幾個穿制服的男女在各處忙著走動。有的察看設施，有的開小車子，逐個把垃圾筒內的大塑膠袋取出。一名穿著短裙制服，身材健美的小姐，站在鳥園圍檻門口，等遊客出來後鎖門。偉林芬芬經過時，她對他們露出個很甜的笑容，偉林也笑笑回應。

芬芬突然問：

「你班上同學都好嗎？」

「好啊！」

「你常跟他們來往嗎？」芬芬追問。

「當然啦！天天見面嘛，保羅和馬修妳也遇見過，人挺不錯的，前天還跟他們在雅拉河畔騎了十幾公里的腳踏車，妳知道……」

「凱茜呢？那個澳洲女孩？」芬芬插了嘴。

「哦，她不跟我同班，她是藝術系。」偉林有所悟，思考了一下說：「她只是個同學，雖然去過她家幾次，但是她爸爸找我的，他是我以前的數學教授，我現在是他的助教呀！」

「你覺得她怎麼樣呢？」芬芬站住問。

偉林知道芬芬的意思，就說：

「她是個很好的澳洲女孩，家庭也很好，她父親對我也不錯，但也就是這樣。」偉林接著很快接了一句：「凱茜計畫明年初轉到歐洲去學服裝設計。」

芬芬沒有接話，仍舊踏著樹枝走著。

偉林想去牽她的手，芬芬卻把皮包換過了手來拿，避開了偉林的手，兩人默默地穿過了草原，走向遠處的出口。

離出口處不遠，是個紀念品店，一個很有原始風味的房子。屋頂用木板做瓦片，樑柱都是粗木材，四周卻有著大片玻璃落地窗，從外面看去，裏面燈光很亮，掛滿了五顏六色的紀念品。

芬芬問：「聽說明天是父親節？」

「對，九月的第一個星期天。」

「我想買張卡片，裏面有嗎？」

「我想有，進去看看。」

偉林和芬芬上了長木條的臺階，最後的兩三名遊客，正從店裏走出來。胖胖的店主把玻璃門上掛著營業時間的木牌翻過來，背面是「打烊」。

「你正要關門？」偉林問。

「是的，很抱歉。」可是店主立刻很爽朗的擺了擺頭。「進來！做我今天的最後一位顧客吧！」

「謝謝你。」偉林朝他笑笑。

當芬芬在選購那些動物和花鳥卡片時，偉林從架子上挑了一隻灰褐色軟毛的無尾熊，它脖子上有個綠色絲帶標籤，肚子上有音樂旋鈕，很是可愛。他把無尾熊交給芬芬：「這是給妳的生日禮物。」

「哦？」芬芬問：「你知道我生日？」

「上次妳不是交給我護照去申請駕照。」偉林笑著說。

「噢，原來你記住了，好壞。」芬芬也笑了出來：「但你不要破費，我心領了。」

偉林不肯，付錢時，胖店主拿出個紙袋，偉林對他說：「不必了，我們拿著。」

「好主意，無尾熊不該被關在袋子裏，這樣更自由自在。」店主接著朝向芬芬說：

「祝妳生日快樂！」

「他怎麼也知道我生日？」芬芬很吃驚地睜大了眼睛，偉林一時也弄不清楚。

胖店主笑著說：「奇怪我知道妳生日嗎？我並不知道！我經營這個店二十年了，在我店裏送給情人最好的生日禮物，就是無尾熊。」

這個有趣的答案，引得三人大笑。

店主送他們出門時，突然又冒出一句怪腔調：

「恭─禧─發─財」

「咦？他會說國語？」芬芬更好奇了。

偉林笑著說：

「哈哈，澳洲人一見了東方人，不是說恭禧發財，就是沙喲哪啦。」偉林接著對店主說：

「你是我見過對遊客最友善的人——除了笑鳥。」

偉林和芬芬是最後出園的遊客，樹蔭下的停車場上，只剩下了偉林的車子。坐進去後，偉林沒有發動車子，他把無尾熊肚子上的發條旋緊，立刻叮叮噹噹敲出一串清脆的音樂。

芬芬覺得很有趣，問道：

「啊！這曲子很熟，叫什麼來著？」

「Waltzing Matilda，澳洲人最愛的民謠，比國歌還有名。」偉林回答。

「翻譯做『跳華爾滋舞的瑪蒂達』嗎？」

「不對，很多人都這樣翻錯了。」偉林笑著說：「這是句澳洲英語，意思是『背著舖蓋去流浪』。」

「太淒涼了。」芬芬問：「這麼好的曲子，怎麼這麼淒涼呢？」

「兩百年前，英國人在澳洲定居時，這塊土地大得太難開墾。當時很多流浪漢只戴一頂寬沿帽，背一個舖蓋，就去牧場找工作，或到深山裏淘金。這個舖蓋包袱就是他們終年翻山越嶺的家當，好像是情人，於是就叫她Matilda。流浪走路是很苦的，他們也把它美化了，就叫跳華爾滋舞。妳不是看到很多澳洲油畫，都是在樹林中，一個孤零零、衣衫襤褸的鬍子青年，背靠著背包，在河邊坐著低頭沉思嗎？陪伴他的，頂多是一隻形影不離的老狗。澳洲太大了，當初開墾這片處女地，實在不容易。」偉林一口氣說了很多。

樹梢被風吹得颼颼作響，天空由於太陽西沉，由蔚藍轉為金黃。但是大草原仍然油綠，有些羊群開始邊吃草、邊尋路回家。芬芬有感而發地說：

「這片大自然仍然很純潔。」

偉林看見芬芬靠在椅背頭墊上，閉著眼，長長的睫毛有些溼潤。他不忍心自己說了許多令她傷感的故事，對她有些憐惜，也有些感動，便靠向她，吻上她柔軟的嘴唇。

芬芬輕微驚顫了一下，但是沒有睜開眼睛，卻以微弱而細小的聲音說：

「輕一點兒……」

回家的路上，偉林的車子開得很快，兩人沒有說話。偶爾一輛大貨車從對面駛來，氣流吹得小車子搖晃起來。

兩名少女騎了兩匹棕色的高馬，在路邊慢慢地跑著。飄逸著長頭髮的那個，不知被同伴什麼事引得在馬背上前仰後合地笑著。偉林的車子經過時，她轉過頭來，高舉起帽子，打招呼般地揮舞個大圓圈。

路順著地勢，向下彎進了一個小山谷，四周古樹參天，車子走在其中，倒顯得渺小了。地面上長滿了長排葉子的蕨類植物，因為那些大樹頂上的葉子遮蓋了陽光，所以地上的這些蕨類，沒有被曬黃，反而保持了足夠的水份，油綠而繁茂，把整個樹林地面給舖滿。那些一根根筆直光禿地長出來的大樹幹，伸向天際，然後在那高高無人能及的樹頂，志得意滿地，伸展出陽傘般濃密的枝葉，自由自在地迎接天空。

「妳就是大自然的純潔。」

偉林突然冒出一句話。

芬芬正在欣賞風景，沒想到偉林這樣說，回味一下後，微笑著說：

「我很喜歡你這句話。」

「不是我說的，是妳自己說的。」

「我？」芬芬很奇怪。

「剛才我們從動物園出來，坐上車子後妳說的，澳洲的大自然仍然很純潔。」

因為想起了剛才在車上，芬芬的面頰升起了紅暈。看看偉林正在聚精會神地駕駛著，她低下頭，懷中的小無尾熊，像小嬰兒般蜷臥著。芬芬慢慢撫摸它的軟毛，然後旋緊發條，那段清脆的曲子，又叮叮噹噹地敲了起來。

「背著鋪蓋去流浪，換個愉快點兒的名字該多好，是不是？偉林。」

偉林沒有回答，卻突然說：

「芬芬，什麼時候讓他們見個面，好嗎？」

「誰？」

「妳爸爸跟我爸爸。」

芬芬停住了撫摸無尾熊，沒有回答偉林，卻看著窗外。

「芬芬？」

隔了半晌，芬芬搖搖頭說：

「我爸爸不是你爸爸那種人，他們不能見面。」

——門不當，戶不對？

偉林的這句話，到了嘴邊沒有說出。

天色暗了下來，偉林開了車燈，擋風玻璃上不時有小飛蟲迎面撞上來，殘留下一個個星狀的污痕。偉林開動了雨刷清洗。

芬芬改變了話題說：

「偉林，待會兒在我家巷口停車，別開進去，好嗎？」

「好，星期天見面嗎？」

「再說吧！」

芬芬接著又說：

「偉林，開慢點，別這麼急著到家。」

車速慢了，偉林把僵直的背脊放鬆下來。

芬芬搖下車窗，入夜的秋風迎面撲來，雖有涼意，卻令人沉醉。一輪彎月，在山丘頂端升起，在南十字星的襯托下，分外皎潔。

三、前　程

墨爾本大學數學系的畢茲禮教授，長相就很得學生人緣，更不用說他的幽默和學問。他是真正的滿面紅光，鼻頭上還看得見微血管。頭頂上禿光了，下巴卻留了茂盛的銀白鬍子。同學們戲稱他為「達爾文」，因為他跟生物實驗室牆上的達爾文像，簡直一模一樣。不過畢茲禮教授卻假作惱怒地說：

「達爾文憑什麼長得像我？」

這天早上，他把他的助教何偉林叫進了辦公室，擺了下手，要他坐進對面的一張舊沙發，然後捻著白鬍子笑著說：

「威利，過得去吧？」他用慣常那句澳洲口頭禪問。

「很好，畢茲禮先生。」偉林回答。

「做了快一年助教了，還滿意墨爾本大學嗎？」

「當然，我很滿意。不過進墨爾本大學五年，使我收穫最多的，還是您。」偉林很有禮貌地回答。

「哈哈哈，我對你的回答很驕傲。」畢茲禮教授說完，突然收斂起笑容，豎起眉毛，傾身向前，指著偉林說：

「威利，到了美國要為澳洲人爭氣，給他們看看澳洲的數學人才！」

「美國？」偉林被他的話給弄糊塗了：「抱歉，畢茲禮先生，我還沒申請到獎學金呀！」

畢茲禮教授忽然又笑了起來，說：

「哈哈哈，你太天真了，我還沒那麼糊塗。」

他一邊說著，一邊把桌上那支裏面還剩下半斗煙絲的油亮老煙斗，插進了銀白鬍子。然後拿起面前的火柴盒，取出唯一的一根火柴，不料一劃，卻斷成了兩截，燃著了的半截，帶著火焰飛到了地毯上。他立刻緊張地抬腳，用大皮鞋「邦邦」地把它踩熄。

「我還沒那麼糊塗……」畢茲禮教授湊著剛才的話，才說了一半，卻蹙著眉，兩眼在紊亂的大書桌上搜索。

偉林很快把放在一疊書上的打火機遞給他。

「你知道達斯丁……」畢茲禮教授湊著打火機的火焰，猛吸兩口，然後再輕鬆愉快地把濃煙吐出來。一邊把打火機放進毛衣口袋，一邊恢復了微笑，氣定神閒地接著說：

「我的老友達斯丁，上次跟你談起的美國加州那所大學教授，給我來了封信。在他們明年研究所獎學金名額中，希望由我從澳洲推薦一名學生。」說著又從毛衣口袋取出打火機，悠閒地再點燃那快滅了的半斗煙：

「我叫你來，就是問問你的意見。如果你不同意，我也不推薦別人，回信給他拒絕！」

畢茲禮教授猛力吸氣，使那餘燼復燃：「當然，你也會使我很失望的！」

那所大學是美國數一數二的學府，多年前偉林到舊金山遊覽時，曾參觀過。那紅色屋瓦的西班牙式建築，給他很深的印象，但是他從來沒想到過，真可能有一天會去讀書。

「你不喜歡？」

偉林被畢茲禮教授的話給驚醒，趕快說：

「哦，是的，我喜歡，只是太突然了些，不知怎麼回答。我想我父親也一定非常高興，在加州，我們家還有很好的朋友。」

在做了一連串肯定的回答之後，偉林問：

「只是，我的申請合格嗎？我的成績夠嗎？」

「不要懷疑我的能力！」

畢茲禮教授說完，叼著煙斗努力吸了口氣，但是他卻沒有能力，使燃盡了的煙斗冒出煙來，於是失敗地把它放進煙灰缸。

「如果我不能成功，以後不會再給達斯丁寫信了！」

偉林不知道怎麼接話。繼續念研究所是他自從畢業後，一直埋在心裏的願望。父親是希望他能到美國繼續念書，因為澳洲大學的數理科系，不像醫學那麼好。可是如果申請不到獎學金，他是沒法自費去念的。

「好吧！你同意了，我下午就打字回信。」畢茲禮教授邊說，邊在書桌上翻找煙絲袋。

「非常謝謝你，畢茲禮先生。」偉林笑著站了起來。

當他開門正要出去時，畢茲禮教授在身後突然說：

「威利，凱茜要在中午跟你見面。早點去，別讓我女兒失望！」

「是的，謝謝，畢茲禮先生。」

偉林答完話，並沒有走出去，卻輕快地回到書桌前，從書架上，把那包印有蘇格蘭風笛手的煙絲袋，取下來放在畢茲禮教授的面前。然後才不說一句話，回身出去。

他關上門時，聽見畢茲禮教授的打火機聲，以及嘴裏的咕噥聲：

「好孩子！」

四、春捲

文學院大樓、法律學院、傳播出版系，以及一座古老的鐘樓，圍起了有著四個出口的方庭院。這四棟房屋是墨爾本大學最古老的建築，都是由土黃色的石塊砌成。特別是那座四方角的古鐘樓，石塊彷彿被千萬隻手摸了千萬次，變得黝黃光亮。鑲花的白色鐘面上，是黑色的羅馬數字，以及兩隻粗黑的時針分針。

庭院地面也是用石磚鋪成的，中央是一個圓環，裏面長出一棵高大的梧桐樹。沿著庭院邊上，則是一些花草。一個女學生，支起了水彩畫架，正在畫那座古鐘樓。另一角，一個年輕的男學生，卻在陰暗處，以畫板放在腿上，素描庭院中的景致和過往的人們。

鐘樓下面是一條走出庭院的通道，過堂風從這兒吹進來。凱茜一手按著被風吹起的黃色裙角，一手撐著肩上掛著的書袋帶子，穿過通道，輕快地跑進庭院。

當她看見何偉林站在那兒看人畫圖時，趕快用手攏攏吹亂的一頭金髮，然後揮手叫道：

「嗨，威利。」

偉林很欣賞凱茜在陽光下，跑過來的樣子，輕盈而健康。這個活潑愉快的澳洲少女，有一對淺藍色的眼睛，一頭會隨時飄揚的金色長髮。也許是受了書香家庭的影響，她並不像許多少女那樣，輕浮無禮得令人厭煩。

「嗨，凱茜。」

「威利，真要命，累得我全身骨頭都要散開了。後天再上油畫課，我要說我腳扭傷了。」凱茜雖然抱怨，臉上卻很愉快地笑著。

偉林接過凱茜厚重的書袋說：「妳不該穿裙子上油畫課。」

「我穿裙子不是為了上油畫課，是為了跟你的約會！」凱茜瞪大了眼睛看著偉林，一副嚴肅的樣子。

偉林很想笑出來，接著她的話說：

「那很抱歉啦！我卻沒穿裙子。」

凱茜斜眼瞪了偉林一眼，然後平靜的說：

「不，不好笑！」

偉林突然覺得自己很沒趣，又有點輕佻。他本就拙於言詞，尤其是在女孩子面前。他想改口對凱茜說她穿裙子很好看，以彌補一下，但是想想現在誇獎也不是時候。

這時凱茜開口了：

「你不問我找你幹嘛嗎？」

「哦，對！妳找我幹嘛？」

偉林很戇直地重覆問話，引得凱茜笑了出來，使得偉林也咧嘴而笑。但是他不知道她為什麼笑，便又問：

「妳找我幹嘛？是有好笑的事？」

這句話，引來凱茜笑得更厲害，院子中的幾名學生，轉過身來，微笑地看著他們這一對。偉林覺得臉上發燒，便與凱茜走進法學院的迴廊。凱茜忍住笑說：

「我找你，就是想……哈哈……想看你好笑的樣子。」

偉林突然想起凱茜剛才的話，馬上屏住了笑容說：

「不，不好笑！」

可是立刻自己也忍不住，笑了出來。凱茜被偉林這句學她的話，逗得笑得站立不住，只好抓住了偉林的手臂，平衡自己。

「你這個滑稽的數學家！」

兩人愉快地穿出迴廊，朝小停車場走去。旁邊的學生活動中心大樓前，幾名學生正在支起一個木架，擺出一些二手書來賣。

「凱茜，我們去那兒？」

「我帶你出去吃一家新的館子，他們的中國春捲美極了，裏面包了香腸和咖哩，你可以沾蕃茄醬吃，美極了，你一定會喜歡，這就是我今天找你的目的。」凱茜臉上又泛起笑容。

偉林來澳洲九年多，但是卻不喜歡這兒半中不西的餐館。聽了凱茜對春捲的描述後，只好說：

「中國菜這兩天吃膩了。妳想吃春捲，那天到我家來，我媽會包春捲，標準的中國春捲。」

「我相信你媽一定煮得很好，不過這家館子的老闆說，他們的春捲是最標準的。他們有三種沾料，免費供你選用，蕃茄醬、芥末醬、義大利酸甜沙拉汁，每一樣都美極了。」凱茜說得很興奮。

看著凱茜天真高興的面容，偉林不忍掃興，只好說：

「好吧！咱們去享受標準中國春捲吧！」說著便發動引擎，繞出校園。

那家新開的中式餐館很小，中午多半做些簡便外帶食品，供附近大學生或上班的人買了吃。雖然它的中式菜餚早已離了譜，但是仍然吸引了很多人，生意不錯。

偉林和凱茜每人買了兩大根咖哩春捲，一罐可樂，帶到對面的一個公園大樹下，坐在草地上吃起來。

凱茜吃完後，滿足地仰頭躺下來，閉著眼讓透過樹葉的陽光，照射在她白皙的皮膚上。

「中國食物真是偉大。」

偉林笑笑，沒答腔。

「威利，告訴我，中國人為什麼那麼會做食物？」

「我也不知道，大概有五千年文化吧？」

凱茜看了他一眼，說：

「你好像不喜歡吃春捲？」

「喜歡呀！」偉林接著說：「我只是不喜歡咖哩春捲沾蕃茄醬。」

「可是，蕃茄醬、咖哩和春捲你不是常吃？」凱茜坐起身。

「是呀！我都很喜歡，但是不能亂混在一起吃。」

「亂混在一起吃？」凱茜瞪大了眼睛：「人家店裏招牌上明明寫著『標準中國春捲』。」

「他是那樣寫著。」偉林說：「誰都可以那樣寫，又不犯法！」

「你說的不對，威利！」凱茜提高了聲調：「它要是不『標準』，怎麼能告訴顧客『標準』？」

偉林無辭以對，順口說：

「他們是在騙妳？」

「不是！」凱茜搖搖頭。突然她朝偉林說：

「威利，是你在騙我，對不對？」

「好吧！算我騙妳！」偉林賭口氣說。

「你瞧！你承認了！哈哈！」凱茜倒笑了起來。

「我不想跟妳辯！」偉林儘量不笑出來。

「因為你沒理！」凱茜擰了一下偉林面頰，說：「你這頑固的中國人！」

「妳這說不清的澳洲人！」偉林說完，喝了口可樂，抬頭望著藍天，故意不去理會凱茜的反應。

隔了半晌，偉林低下頭來，發現凱茜正在斜眼看著他。偉林笑笑說：

「妳這麼喜歡咖哩春捲，下次可以買些給妳爸爸。」

「這倒是好主意。」

凱茜臉上又恢復了笑容，問偉林：

「我爸爸有沒有告訴你，要你幫助一個中國人？」

「沒有啊，怎麼回事？」偉林邊問，邊把空罐放進紙袋。

「我爸會告訴你的。昨天才聽他說起，一名中國留學生，來這兒學英語，但是想進大學念數學。」凱茜接著又說：「是一名女學生呢！」

「哦？是中國大陸來的嗎？」

「是的。」凱茜斜眼望了偉林一眼：「也許會做標準中國春捲。」

公園外的路旁上，停了一輛五顏六色的冰淇淋車。凱茜見了，對偉林說：

「我們去買冰淇淋！」

在冰淇淋車前面，凱茜要了個雙份薄荷加巧克力醬，上面還灑了許多花生椰子粉，插了片脆皮餅乾。

看她專注選冰淇淋的模樣，偉林說：

「儘管選，我來請客。」

「不，不，我自己付。」凱茜一邊舔冰淇淋，一邊瞪大了眼睛說。但是因為一隻手拿著皮包，另一隻手又要照顧冰淇淋捲筒，沒有辦法再拿錢，結果還是偉林付了錢。

「那我欠你兩塊八毛。」

「幹嘛那麼認真？」偉林笑笑說：「我請妳，中國人最大方。」

凱茜馬上說：「我一定要還你，澳洲人最認真。」

凱茜舔了口冰淇淋說：

「怪不得你們的國會議員愛打架！」

「他們以前並不打架的。」偉林說。

在公園內散步了一會兒，偉林轉換話題說：

「凱茜，妳父親要推薦我去加州念研究所。」

「哦？是嗎？」凱茜停下吃冰淇淋，接著問：「你自己呢？」

「我很喜歡，也很感激妳父親。」偉林接著反問：「凱茜，妳呢？決定了去巴黎改學服裝設計嗎？」

凱茜沒有回答，兩人走了一小段路，她才說：

「我爸爸向來不管我，我表姐催促我去。」凱茜接著說：「不久你要離開了，我也不想留在墨爾本了。」

凱茜把吃完的冰淇淋捲筒，扔進垃圾筒。

春天的公園是迷人的，枝頭嫩葉舞動著翠綠，草地也綠，花朵卻艷麗奔放。少女們趕在夏天來臨前，早已著上了最輕便的短裝。

「威利，你喜歡什麼樣的女孩子？」凱茜突然問。

偉林一時答不上來。

「哦，我喜歡，我喜歡我愛的女孩子。」

「那麼，你愛什麼樣的女孩子呢？」凱茜緊接著問。

「凱茜，別逼我。」偉林笑著說：「我愛我能夠愛的女孩子。」

已經走回到了校門口，凱茜說：

「吻我，威利！」

偉林低頭在凱茜臉頰上親了一下。看看她盼望著的模樣，於是又在她嘴上親了一下。

凱茜輕快地跑進校園，留下偉林一人站在外面。

偉林有點想笑出來，他忽然想到，凱茜如果老了，是不是也像她相依為命的爸爸一樣？

畢茲禮教授教了他四年，他也認識了凱茜四年，從一個高一女學生，到現在大一。

她不像一般澳洲女孩子，抽煙、瘋鬧。她彷彿就是他另一個妹妹，跟玉林一樣規規矩矩的妹妹。雖然他早已察覺到，凱茜不只是要他視她為一個初入大學的教授女兒，可是偉林卻在同學會上，認識了芬芬。

芬芬有一股氣質，那種細柔、婉約，會讓人憐惜的氣質，遠不是西方女孩，或西方長大的華人女孩身上，能看到的，它牢牢地抓住了偉林。

走回到停車處，看到了那間餐館，裏面仍有不少顧客。想起了凱茜剛才吃咖哩春捲的得意神態，以及兩人的辯論，偉林不禁又兀自笑了起來。

——唉，中西文化到底不同呀！

五、接觸

畢茲禮教授特別在校園西北角，那棟古維多利亞式建築的教職員餐廳，訂了中午的位子，來介紹大陸來的那名女學生，與偉林見面，請他幫助她數學。

去餐廳的路上，畢茲禮教授對偉林說：

「我說的那個中國女學生向紅，是由我一位朋友介紹的，他退休前在政界服務，去過中國。」畢茲禮教授邊說，邊摸出了煙斗。

「那麼他認識向紅的爸爸了?」偉林問。

「聽我說！威利。」畢茲禮教授偏過頭看偉林：「他不認識向紅的爸爸，更不認識向紅。是向紅來墨爾本後，找了這兒的一位中國人，她的朋友認識白賴恩！」

「白賴恩?」

「就是我的政界朋友啊！」畢茲禮教授蹙起眉毛，眉尾的白色長毛高高翹起：「總之，向紅轉了四個人，才找到我，懂嗎?你還學數學呢?」畢茲禮教授接著說：

「其實白賴恩也沒見過向紅，但是他寫了封信給我。」

「你見過向紅嗎？」偉林問。

「見過一次，上次她拿白賴恩的信來辦公室。」

畢茲禮教授掏出了一袋煙絲，說：

「喏，這就是她送我的。」

那袋煙絲上面印著一個蘇格蘭風笛手，在吹奏風笛，偉林記起上次在畢茲禮教授辦公室，曾看到過。

「你知道，墨爾本大學的新生入學，都要經過會考，按成績志願來分發的。但是向紅情形不同，她是外國學生，有數學系的資格證明，可以插班進來。不過這要由教授們來評鑑她的數學程度和英文程度，我們要很慎重。」

餐廳已在不遠處了，畢茲禮教授停下腳步說：

「向紅的英文不夠好，但是從海外成績單上看，她的數學也許不錯。不過究竟是插入二年級或一年級，我們不能現在決定，我希望你來為我做初步評鑑。」

「但是，畢茲禮先生，我夠資格嗎？」

「威利，我為什麼推薦你去美國大學？因為我瞭解你！」畢茲禮教授把煙斗也收好：

「你不只是幫我評鑑，我也希望你在她明年入學前，能多協助她。這是為向紅，也是為墨爾本大學。」

畢茲禮教授拍了下偉林肩膀：「我希望你離開後，系裏還能有一名中國數學天才。哈……」

當他們進入餐廳的時候，向紅已經獨自在座位上等候了。

偉林的確沒想到，她看起來完全不像個學生。她很時髦，臉上化了妝，穿著一身黑色套裝，很洋派，年紀恐怕已有二十七、八歲，好像是在社會上工作的女郎。

畢茲禮在介紹的時候，向紅很從容地站起來，把一個方皮包放在餐桌上，向偉林伸出手來，用英語說：

「哈囉，威利，很高興認識你。」接著用中文補充了一句：「以後向您多學習啦！」

「那裏，那裏。」偉林忙改口以國語回答。

在與向紅握手時，偉林有點不好意思，覺得自己不該隨便穿身牛仔褲和運動衫來會見陌生女性。

女侍送來菜單，自然都是西餐，畢茲禮教授說道：

「看來我們這兒該有中國菜才是。」接著又說：「但是無論如何，只要妳喜歡，他們可以提供筷子使用。」

向紅笑了笑，客套說道：

「我很喜歡澳洲菜，特別是澳式烤肉。」

「但是我敢說妳一定不喜歡澳洲蒼蠅。」畢茲禮教授瞇起一隻眼，朝偉林笑笑。

向紅沒聽懂，偉林正想告訴她，夏天烤肉時蒼蠅多得可怕，但是話沒出口，她卻說道：

「我喜歡澳洲的每一樣東西。」

「不、不，不會是蒼蠅。」畢茲禮教授豎起一根手指頭搖動著，接著說：

「向紅，我建議妳在進入本校前，在課程或其他方面，都該先有所準備，威利在這方面，可以給妳很多幫助和指導。」

「是的，謝謝您，我一定努力學習。中國人說……」向紅停了下來，側過頭以國語對偉林說：「請你告訴他，中國人說學無止境。」

偉林簡潔地向畢茲禮教授說明了向紅的話。

「我猜這句話是孔子說的，不可能是末代皇帝。」

畢茲禮教授的話，引得大家都笑了起來。

這頓飯，畢茲禮教授很快吃完，付了費，喝了口咖啡後說：

「我必須先走，一點半有校外人士來參加討論會。」

向紅很快接口說：

「不抽完煙斗嗎？」

「沒時間了，謝謝，我會在路上抽。」

說著，順手摸出了那風笛手煙絲袋，笑笑說：

「這袋煙絲很合我口味。」

畢茲禮教授走後，偉林把座椅挪過來，面對著向紅。由於剛才幾乎沒有他說話的餘地，現在倒不知道如何開口。正在想該說些什麼，向紅卻用一口京片子問道：

「來這兒很久了嗎？」

「哦，是，來了九年多。」偉林回答。

「從那兒來的？臺灣？」

「對。」

「臺灣很好，島上人民都發了財。」

偉林笑笑，正要回答，向紅又問：

「你父親好嗎？他是搞什麼的？」

「我父親現在在……」

「以前在臺灣呢？」向紅打斷他的話，問道。

「他以前在軍中，是軍人。」

「家裏還有什麼人？」

「還有家母和妹妹。」

「你們都入澳洲籍了吧？」

「是的。」

甜點送了上來，偉林的是一塊乳酪蛋糕，向紅的則是一杯香草冰淇淋。偉林默默吃了兩口，抬起頭來，向紅的一雙黑亮大眼睛正在盯著他看。偉林不好意思，避開了她的眼神，又低頭吃了一口蛋糕，才再抬頭問道：

「冰……冰淇淋還好吃嗎？」

「很好。」但是顯然她對冰淇淋興趣並不大，只吃了一口就放下小匙，用餐巾紙抿去嘴唇上凌亂的口紅印，再從皮包裏拿出唇膏，衝偉林笑了一下，然後對著小鏡子，半張開嘴，把血紅色的口紅來回輕輕地塗抹在下嘴唇上，然後合攏上下唇，抿嘴蠕動一下，使口紅沾滿上唇，最後對著小鏡子，左右擺頭瞧著，看看是否抹勻了。

偉林不好意思一直看，因而側頭去看窗外的花園，但是當他眼神又回到向紅時，她卻突然說：

「有女朋友嗎？」

「哦……我……有……」偉林一時難於用很得體的辭句回答。向紅卻立刻解圍似地說：

「別回答了！在西方社會我不該問人隱私的。」

「也，也沒關係。」

向紅朝他輕柔地笑了笑，樣子很嫵媚，然後說：

「瞧，都談了你半天，該告訴你一點兒我的事。你想知道什麼？」

偉林感到壓力減輕了，努力笑了下說：

「還不知道妳的名字怎麼寫呢？妳姓項，是嗎？」

「嘻嘻……」向紅笑了出來，接著說：「我姓白，清白的白，叫向紅，向著紅太陽的向紅。」

「很好聽的名字。」

「謝謝，我爸爸取的，他說名字該有個性。」

偉林覺得向紅倒直爽，很想知道她為什麼這麼大了才念大學，想了想便問：

「向紅，能談談妳讀書的情形，好嗎？」

「學習經過嗎？」向紅說：「我上小學因為文革剛結束，學習推遲了幾年，不過後來中學念的是重點學校，學習抓得很緊，所以成績還不錯。我喜歡數學，那天請你教我澳洲的數學好嗎？」

「好，不敢當。」偉林鼓起勇氣問：「妳做過事嗎？」

「你瞧瞧，我一定夠老了。」向紅老練地一語點破，偉林臉上一陣紅暈，她卻伶俐地說：「坦白講，也沒什麼祕密。我今年二十九歲了，總比你大六七歲吧？可以做你姐姐，但是在學習上，你就是我哥哥，對嗎？」

「那裏，那裏……」偉林一時語塞，他無法回答哥哥姐姐這麼尷尬的問題，於是改口說：

「現在從中國大陸來的學生很多。」

「對。」

「妳們一定常在一塊了？」

「也不，我儘量結交澳洲朋友。」

「哦？」

「那些中國人到處都是，認識了沒什麼用處。」

偉林覺得她的看法很奇特，便說：

「這些人多半是六四前後出來的，也蠻可憐的。」

「可憐？」向紅笑了笑，沒有回答，停了下說：

「中國有十幾億人呢！」

「我爸爸說，不管人在那兒，總是自己同胞。」偉林笑笑說。

「咱們是不是該走了？」向紅問。

「哦，對。」

旁邊一個侍者走過，偉林叫住了他要帳單。

向紅馬上說：「不是畢茲禮教授已經付了嗎？」

「哦，對！」偉林忍不住笑了出來，臉紅著說：「我多糊塗！」

兩人站起身往出口走，向紅把外套交給偉林說：

「我要去一下衛生間，請你替我拿著。」

偉林接過外套，一股粉香。他不願意拿著一個女人的紅外套，站在教授餐廳中央，便又找了個椅子坐下。

向紅從洗手間走回來時，容光煥發，她從偉林手中接過紅外套穿上，然後問道：

「你去那兒？」

「我回家。」偉林說。

「你有車嗎？」

「有。」

「帶我去城裏邁爾百貨公司，好嗎？不遠吧？」

「好，不遠。」

在車上，偉林心中不解，不知道向紅說帶她去邁爾的意思，是要他陪伴逛邁爾，還是只是要他送她去邁爾，但是他又不好意思開口問。向紅卻打破寂寞說：

「我喜歡邁爾，燈光亮，大家穿著很闊氣，我喜歡這種生活。還有比邁爾更摩登、更前進的百貨公司嗎？」

「哦，有，邁爾對面就有一家，水準更高一點，不過東西也比較貴。」

「沒關係，看看嘛，又不買！」

快到邁爾了，偉林心中的問題還沒解決，因為如果是要陪伴向紅的話，就該轉入立體停車場去，如果只是送她去，那麼只要在大樓門口，讓她下車就行了。可是偉林覺得總不能問她是不是要他陪伴，如果向紅沒這意思的話，多難為情。也不好推說有事要快回去，這樣又變成武斷地不要陪她了。

立體停車場就在前面了，必須有所決定，偉林急中生智地說：

「希望停車場裏有位子！」

「你不必停車啦！多費事，你在路口停一下，我下車自己走過去不就得了。」

向紅的幾句快語，偉林如獲重釋，心中十分感激。

下了車，互道再見之後，向紅想了一下說：

「偉林，你不覺得我們好像認識很久了嗎？」

偉林感到臉紅。

「也許我們有緣。」向紅說完，對偉林笑了一笑，砰地關上了車門，輕盈地走上人行道。

偉林發動了車子，看著向紅修長的背影，穿著高跟鞋，進了百貨公司。

偉林覺得向紅有股什麼樣的不同，但是他卻找不出來。他覺得在她面前有點畏懼，又有點弱小，但是實在也沒有理由，因為他認為向紅很和善，總是對他微笑。他感到是自己單方面產生了不自在的感覺。他想也許是他該在今天穿整齊點，而不是像一般大學生的隨便衣著，也許是他身邊的女孩子，都比他小的緣故，像玉林、芬芬、凱茜，或其他同學……。

偉林突然發現前面路口是紅燈！他急忙踏下剎車掣，輪胎發出了尖刺聲，車身跨在路口白線上，猛然歪斜地停住。橫越過街的一輛大卡車，按了一長聲喇叭，嚇得偉林心口猛跳。

這天夜裏，偉林睡得很不安穩，最後終於醒了。

他想到了芬芬，許久不能入睡，直到破曉。

六、春　寒

因為一夜沒睡好，偉林醒來時，已是九點多，但是他早約定與芬芬九點半見面，於是便很快出門，匆匆開車趕到芬芬家附近的火車站。

老遠已看到芬芬穿了件粉紅色厚外套，在火車站月臺簷下等候。偉林停好車，急忙跑向芬芬。

「真抱歉，起晚了，急得不得了。」

風很大，芬芬一手攏著頭髮，一手拉緊衣領說：

「今天陰天，很冷，你怎麼穿這麼少？」

偉林這才發現自己只穿了件套頭線衫就出門了，便說：

「沒關係，說不定待會兒太陽出來，又熱了。墨爾本一天可以有四季。」

坐進車廂，比較暖和，偉林讓芬芬坐在窗邊位子。他發現芬芬除了見面時關心他穿得少之外，沒有說過一句話，就問：

「芬芬，妳有什麼心事嗎？」

芬芬轉過頭來，朝偉林勉強笑一笑說：

「沒有啊！」

「那妳怎麼今天很少說話？」

「說什麼呢？」芬芬不經意地嘆了口氣。

偉林覺得有些奇怪，芬芬卻很快改口問道：

「偉林，不要老談我。告訴我，什麼叫 Show Day？為什麼今天是 Show Day？」

「哦，這是個傳統農業節日，學校都放假。妳知道每年這個時候起，天氣轉暖，開始農耕和剪羊毛。」偉林遞給芬芬一片口香糖，繼續說：「我們現在去看的叫皇家農業展，有很多表演節目，很有意思的。」

車窗外掠過一大片高爾夫球場綠地，芬芬想起偉林上次開車帶她去野生動物園，便問：

「為什麼不開車去？」

「人太多，很難找到停車位，不如坐火車，可以直達會場門口。」

火車上的人越來越多，最後到達展覽會場的火車站時，已擠滿了。大家魚貫而下，進入會場。

「咱們先去看伐木比賽。」

偉林牽著芬芬的手，穿過一個熱鬧的遊樂區，進入一座高大的鐵皮廠房般的屋子，裏面四周架起了長木板看臺。

場內豎起一排六根約兩層樓高的粗圓樹幹，幾名穿了背心的粗壯男人，正站在各自的樹幹前，舉著亮亮的利斧，躍躍欲試。

看臺上下早已坐了許多觀眾，偉林領著芬芬拾階而上，找了位子坐下。

「嘟……」長長的笛聲響了，六名壯漢一躍向前，六片亮斧齊飛。

「劈、拍、劈、拍……」，碎裂的木片，滿場飛舞。他們並不砍斷樹幹，只在離地一公尺高處砍出一個大缺口，正好可以把一片長木板插進去。他們就帶著另一條長木板，翻身站上去，再在樹幹更高處，砍出另一個缺口，把另外那條長木板再插進去，人又翻上去，拔出第一塊長木板，準備再作下一次的晉身之階。

看誰能先爬到樹幹最高處，揮斧砍去頂上的最後一小段木頭，以木頭落地時間，來計算誰最快。對面牆上有六個巨大的數字計時鐘，當木頭砍下地後，數字鐘就停止不跳了。

這座房屋雖大，可是觀眾叫喊加油聲，夾雜著六片巨斧砍樹聲，非常嘈雜熱鬧。芬芬的心情也好多了，便問：

「身材高大健壯的人，一定佔便宜，對不對？」

「對，但是技巧也很重要。」偉林拉大了嗓子回答：「妳看，他們爭取時間，要用最少幾斧砍出缺口，但是也要能插穩木板，否則會摔下來。快看！五號選手要砍斷木頭了！」

五號是個禿頭大鬍子，他高高站在頂端的木板上，一邊猛砍最後一段巨木，一邊看遠處的二號，因為二號也開始砍最後的木頭了。這時觀眾為他們加油的聲浪，越叫越大。

眼看五號的木頭要斷了，他一斧頭砍下去，卻沒拔出來，整個樹幹都有點搖晃。他立刻換手用力搖動斧柄，總算抽了出來，可是二號已經又多砍了兩下了。五號最後猛力一砍，木頭應聲而斷。但是在還沒落地時，「匡噹」一聲，二號砍斷的木頭，已經重重地先墜落地面了，觀眾爆起熱烈掌聲。

對面兩人的數字鐘，都已停止了跳動。

「哇，好驚險，兩人相差不到半秒鐘。」偉林鼓掌叫著說。

六名選手架了木板，躍下地面，滿頭大汗，喘著氣接受觀眾鼓掌。裁判則忙著登記分數，並且開進了一輛小卡車，清理場地，再豎起巨木，準備下一回合的比賽。

偉林站起身，要帶芬芬出去。芬芬卻不願意離開，坐著仰頭說：

「我們多坐一會兒好嗎？這兒人多、熱鬧！」

偉林很奇怪芬芬說人多熱鬧這句話，便說：

「會場裏每個地方都熱鬧。」說著把芬芬拉起來：「走，別耽誤時間，咱們去看馬術表演。」

芬芬只好跟偉林走到一個供馬術表演的大露天場地。坐定後，偉林把剛買的熱狗麵包捲，交給芬芬說：

「妳看，這兒人也多，也熱鬧。」

「對。」芬芬勉強應了一句，望著場內。

穿著紅上裝、黑圓帽、黑長褲的騎師們，騎著棕色或灰白色的馬，或疾跑，或漫步，正在做暖身活動。

天色陰沉得更厲害，冷風吹得芬芬頭髮飄散著。她一手拿著熱狗，一手揪緊了衣領。偉林因為穿得少，縮著肩膀吃著熱狗。他看芬芬沒有吃，就說：

「快趁熱吃，不然會涼了。」

芬芬打開熱狗紙袋，咬下一口慢慢嚼著，沒有說話。

場子裏，一個個男女騎師，騎著高大的馬匹，在努力衝刺，比賽跨越樹叢、欄杆、水池、假圍牆等障礙物，觀眾不時報以掌聲。

偉林看得起勁，芬芬卻突然說：

「我們走吧！」

「剛開始呢，不多看兩匹馬嗎？」偉林奇怪地問。

「這兒太吵，找個靜點兒的地方，好嗎？」

偉林很奇怪芬芬剛才捨不得離開伐木比賽場的熱鬧，現在卻又嫌這兒吵，但還是陪她靜靜地離開了馬場。

風吹的仍緊，烏雲很厚，偉林打了兩個噴嚏，正想排隊買杯熱咖啡，芬芬卻指著半空中的纜車說：

「我們去坐那個好嗎？」

那些纜車吊在半空中，一輛輛的滑過，但是因為風大又冷，多半是空的，很少有人乘坐。

偉林本想喝點熱飲，暖暖身後再坐，因為那纜車坐一趟要十五分鐘。但是他想難得芬芬有興致，於是兩人就登上纜車月臺，坐上纜車座。

纜索由這頭架到那頭，高高地橫越過整個會場上空。纜車上只有兩個座位，偉林和芬芬坐在上面，纜車咕嚕嚕地震動著，滑向半空，逐漸把會場人聲遠遠拋在腳下。

芬芬把頭靠在偉林肩上，任由勁風吹著她的頭髮，說道：

「我覺得這兒最好，只有我們兩人，這是我們的世界。」

偉林摟緊芬芬，心裏想了想，問道：

「芬芬，告訴我有什麼事？」

芬芬沒有回答，偉林看不到她的臉，她的頭髮不斷飄盪在他的耳邊。

「芬芬？」

芬芬終於張口了：

「恐怕以後我們很難見面了。」

偉林立刻問：

「為什麼？」

芬芬停了一下說：

「我爸爸說的那個家庭教師就要來了。」

偉林記起上次在野生動物園，芬芬所說的，就問：

「伯父不再讓妳跟我在一起了嗎？」

「他沒有明說，一定是。」

「家庭教師是個澳洲人嗎？」

芬芬沒有回答，偉林接著又說：

「光靠老師教英文是不夠的，妳可以跟我在生活中多學呀！」

芬芬突然坐直，轉過身來提高了嗓音說：

「偉林，根本沒有什麼家庭教師！我也剛知道，是我爸爸朋友的兒子！」芬芬說得激動了起來：

「這就是我爸爸說的家庭教師！」

偉林很吃驚芬芬所說的，問她：

「芬芬……妳跟妳爸爸吵了架嗎？」

「沒有。」

「妳爸爸什麼時候說的？」

「昨天晚上，他知道我今天要跟你見面。」

偉林轉過身，抓緊了扶手，纜車座在空中不斷搖晃。

「我該去見見妳爸爸，他不瞭解我。」

「不要，偉林，不要，這樣不好。」芬芬說。

隔了半晌，偉林問：

「他們姓什麼？住那個區？」

「他們還沒從臺灣來，正在申請辦移民手續。」

「那妳爸爸早安排了。」

「嗯，他們家跟我爸爸是生意上的老朋友，是我爸爸鼓勵他們來移民的。」

「門當戶對！」偉林自言自語。

「偉林，別這麼說，會傷我的心。」芬芬哀求。

「對不起！」偉林想了下又問：

「他怎麼能跟家裏出來？服完兵役了嗎？」

芬芬嘆口氣回答：

「他不需要服兵役，他眼睛近視很深。」

「你們以前很熟了？」

「沒有。當然啦，兩家常見面。」芬芬急了，說：「偉林，沒有我們這麼熟，完全沒有我們這麼熟！」

「可是，妳們兩家父母熟！」

纜車到站了，他們步下月臺。

這兒正好是遊樂場，音樂聲很大，霓虹燈很耀眼。芬芬說：

「我們再坐回去，好嗎？」

於是兩人又走回纜車月臺，坐上了另一輛纜車座，回到天空。

昏暗的天色，終於按捺不住，下起了小雨。偉林幫芬芬把粉紅外套後面的雨帽抽出來，給她套在頭上。

「偉林，你呢？」

「我沒關係。」隨後苦笑一下說：「我不值錢！」

「偉林！你說什麼！」芬芬提高了聲音。

偉林馬上正經地說：「抱歉，芬芬，我只是說著玩，我只是開玩笑！」

「你有這心情？不好笑！」

聽到芬芬這句話，偉林腦海突然閃過校園裏凱茜的樣子。

雨慢慢下大了，可是纜車沒有頂，在空中走到半途，他們沒有辦法下地。偉林摟緊了芬芬，纜車在空中規律地搖晃著。

「這纜車為什麼沒有頂蓋？」

「大概是讓遊客能在白天曬太陽吧？澳洲人愛曬太陽。」

看到偉林頭上順著頭髮滴下的雨珠，芬芬說：

「你都成了落湯雞了，偉林，真抱歉，都是我害了你，原諒我，好嗎？」

偉林沒有接她的話，卻說：

「妳爸爸是要妳將來跟他在一起，是不是？」

芬芬低下頭，下面的人群都張起了傘。

芬芬說：

「偉林，不要問了，求求你，好嗎？」

芬芬說完，突然扭轉身子，抱住偉林，仰起臉說：

「我愛你。」

這句話，偉林從沒聽芬芬說出口過。他抱緊了芬芬，親上她的臉，滿是雨水。又親上她的眼睛，也是潮的，還是鹹的。

他急忙親上她微微顫抖的嘴唇，卻感覺自己的兩行溫暖的眼淚，伴和著雨水，滴上了芬芬的兩頰。

風雨更緊，纜車顫動更大。

過了一會兒，偉林感覺到芬芬的溼外套，已不再那麼冰涼，是他的體溫，溫暖了它。

他也感覺到，雨水已經完全從自己的線衫，溼進了內衣，冰涼寒心，彷彿已奪走了他的全部體溫，他把芬芬抱得更緊。

纜車又回到終點了，兩人匆匆跑下月臺。芬芬說：

「趕快去喝點熱的，你會受涼。」

偉林摟著芬芬，溼淋淋地擠進一個小餐館，裏面有很熱的暖氣，偉林卻不經意打了一陣哆嗦。

兩人各叫了一杯熱咖啡，找到了窗口邊站著喝。

小餐館內人實在多，許多人抽菸，空氣混濁。偉林說：

「咱們乾脆離開展覽會場，去城裏吃晚飯好嗎？」

「可是你衣服還沒乾。」

「沒關係，現在好多了，妳中午沒吃飯，我也餓了。」

兩人趁著雨勢小，跑向會場出口的火車站。

到了城裏，他們就近進入一間義大利小餐館，點了披薩餅，芬芬叫了蔬菜湯，偉林叫了可樂。

這爿店面很小，用木板裝飾牆壁，桌椅也是棕黑色厚實木塊釘成，很是可愛。廚房就在進門邊，用厚玻璃跟餐廳隔開。老闆是個濃黑八字鬍的義大利人，他在玻璃後的麵食桌上，挽起袖子用力揉麵，並不時向桌上甩打，隔著玻璃也能聽到劈拍的聲音。

「偉林，他們為什麼不先做好？客人來了只要烙烤就行了？」

「披薩餅要現做的才好吃。」

老闆看見他們在談論他，便擠個眼，把擀薄了的麵餅，旋轉拋向空中，再熟練地接住，翻個面舖在桌上。從許多小盒子裏，熏腸絲、蘑菇丁、熟肉末、乳酪條、洋蔥絲、青椒丁，東抓西抓，最後擠上彎彎曲曲的蕃茄醬。整個白麵餅，花花綠綠變成了個大彩盤，然後送進烤箱。

吃的時候，芬芬沒有一句話，偉林幾次想開口，卻收回了，他不想破壞這份寧靜，也是有些怯於啟口。他看芬芬低頭一匙一匙舀湯喝，手臂依然細嫩，嘴唇還是該紅潤些。他想起了上次她在陽光下吃冰淇淋的樣子，心頭有股酸楚，覺得像是多年前的事了。

芬芬喝完湯，抬起頭來，眼光和偉林接觸，卻立刻轉向窗外，無目標地望著黑暗陰溼的街道。

偉林想，芬芬是在逃避他嗎？他突然覺得面前的芬芬離他好遠，好遠，完全不是纜車上的芬芬。

在空中，雖然有風有雨，但是芬芬說得對，那是他們兩人的世界，下了地，就不同了。但是人不能老在空中呀！

「芬芬，哪次我們再去坐纜車，好嗎？」

話一出口，偉林就後悔了，他怕芬芬誤會這句話輕薄。可是芬芬顯然沒有，因為她沒回答，沒反應，只是看著什麼也看不出來的窗外。芬芬終於回過頭來，臉上卻掛著兩行淚珠。

她低下頭，掏出手絹輕輕拭去：

「該回去了。」

一陣酸楚湧上偉林心頭，他正想說些什麼，芬芬卻突然起身，走向廚房玻璃邊，遞給老闆二十元鈔票。

「芬芬，做什麼？我來付呀！」偉林忙迎上去。

芬芬一邊把零錢放回皮包，一邊說：

「讓我付，我的零用錢比你多。」

黑夜的街道上靜寂無聲，風雨早已停歇，樹葉一動也不動。芬芬深深吸了口清涼的空氣，說：

「還記得你說過要帶我去看楓葉谷嗎？」

「當然，但是要等過了暑假，秋天。」

芬芬嘆了口氣：「太久了。」

他們再坐火車到了郊外，偉林取了車，載芬芬往回家路上駛去，一路兩人都沒說話。

車子雖開得很慢，但是終於到了芬芬家門口。

偉林解開安全帶說：

「我想進去。」說著下了車。

芬芬忙著開門下車，攔阻住偉林：

「不要，偉林，不要，別弄僵了。」

偉林說：

「妳不是嫌我不夠堅強嗎？」偉林口氣有點賭氣。

「可是，我不要你……」

芬芬家大門突然打開，一名中年婦人背著燈光，站在門口，對他們說：

「阿芬，天寒，進來啊！」又說：「也請妳朋友進來啊！」

芬芬回轉身說：「媽，我馬上進來，妳先進去。」

可是偉林已走上前兩步，對芬芬母親說：

「伯母，您好，我是何偉林。」

芬芬母親說：

「你好，今晚真冷，快進來，我給你們泡杯熱茶。」

芬芬只好跟偉林進了屋子。

屋內燈光很亮，芬芬父親斜躺在一張皮沙發上，雙手插在厚呢睡袍口袋內，光著的兩隻腳架在前面的咖啡桌上。對面一個大電視機，正在播映喧鬧的現場猜獎遊戲。

芬芬對她父親用臺語說：

「爸，我回來了，這是何偉林。」

「伯父，您好。」偉林馬上說。

芬芬父親抬起頭看看偉林，點了點頭。

芬芬母親對他說：

「至福，你要茶嗎？」

「好。」張至福說。

偉林仍然站著，芬芬指著皮沙發，對偉林說：

「你坐呀！」

偉林坐下，就在張至福兩腳旁邊。

「伯父喜歡看電視？」偉林帶著微笑問。

張至福看著電視機，臉上沒有什麼表情，說：

「看不懂啦，隨便看看。」

說完，轉頭對芬芬說：

「天這麼寒，怎麼隨便穿件外套？怎麼不穿皮大衣？」

芬芬一邊脫去外套，一邊回答：

「爸，外面落雨，不能穿皮大衣啦！」

張至福說：

「有什麼要緊，穿了拿去乾洗，又不是沒錢。」

客廳裏的壁爐，正在燒著柴火。芬芬過去撥弄了兩下，火旺了起來。她對偉林說：

「偉林，來這邊坐，這邊暖些。」

偉林正在起身，張至福看著電視機，卻問：

「你在讀書？」

「是的。」偉林又坐回沙發。

「你爸爸在做事嗎？」

「是的。」

張至福拿起手邊的遙控器，一個個地轉臺，一家是影片，一家是連續劇，一家放廣告，另一家是移民臺在播希臘語節目。他又轉回到猜獎節目，觀眾正在鼓掌，獲勝者是一個大學女生。節目主持人拿了兩把鑰匙，帶領她走到一輛紅色跑車前面，那女學生挑了一把鑰匙試開車門，卻打不開，觀眾一片惋惜聲。主持人宣佈，她仍然可以得到兩萬元獎金。

「看看人家電視節目，送一輛汽車。臺灣的臭電視！」張至福放下了遙控器。

張太太端出兩碗熱騰騰的紅糖煮小圓子，放在芬芬和偉林面前：

「你們受涼了，可以驅寒。」

偉林忙起身道謝，然後坐下和芬芬吃起來。

那碗熱湯圓，偉林雖覺得很好吃，但是他不願放過與芬芬爸爸交談的機會，吃了兩口，便對張至福說：

「伯父不吃湯圓嗎？」

「嗯。」張至福應了一句，停了一下，向偉林說：

「你爸爸以前是公務員嗎？」

「不是，他是軍人。」偉林放下湯匙。

張至福轉了兩個頻道後，又問：

「你們有沒有回去大陸？」

「沒有。」

「為什麼不回去？很多老兵不是都回去了？」

偉林不知如何接詞，想了下說：「家父大概認為，回去後會失望，此外，他也沒空。」

「忙著賺錢嗎？他在做什麼生意？」

「家父在飯館做會計。」

張至福轉向偉林，問道：

「你們帶出來的錢，不夠生活嗎？」

偉林踟躕了一下，說：「當年家父移民來澳洲，並不像現在需要這麼多錢。過去幾十年在臺灣省吃儉用積蓄下來的，辦移民勉強夠了。」他笑了一下又說：「可是來澳洲後，家父跟朋友合作投資小生意，積蓄都賠進去了。」

張至福看了他一眼說：「那你爸爸將來沒有什麼留給你們囉？」

偉林笑了下說：「不知道。」

張至福關上電視，從茶几上，拿了一本臺灣政論雜誌，站起身說：

「我要去睏了！」

邊說邊脫去睡袍，向後面臥室走去。

偉林吃完湯圓，看芬芬的父母都不在客廳，就小聲對芬芬說：「妳媽媽做的圓子湯很好吃，她人很好。」

芬芬沒有回答，對偉林笑了一下。

吃完後，芬芬送偉林到門口車邊，偉林說：

「妳爸爸對我，好像也沒什麼不友善呀？他也很關心我家。」

芬芬想說什麼話，又打住了。嘆口氣說：

「偉林，你比我還純潔！」

在冷風中，兩人默默站了一會兒。芬芬說：

「為什麼夏天都要到了，還這麼冷？」

「這是最後的春寒，馬上就要暖和起來了。」

偉林很快牽起芬芬的手，親了一下。芬芬說：

「你手好涼，快回去吧。」

偉林關上車門，搖下車窗說：

「芬芬，我會想妳。」

「我知道，我也會。」說完，沒讓偉林看清她的臉，就轉頭，一邊用手擦著眼角，一邊跑進了屋子去。

偉林一人坐在黑暗的車子裏，任由微風從車窗吹進。他內心覺得很舒坦，他想也許是因為剛才烤了火的緣故。

隔了很久，他才發動引擎。

開車的剎那，他最後望一眼芬芬家的大房子。樓上有扇小窗戶亮著燈光，有人正掀起窗簾的一角向外望。他不知道是不是芬芬，但是他不管，大膽地把手臂伸出車窗，用力揮舞了兩下。

七、溫　情

偉林到家後，家人都睡了，他洗了個熱水澡，躺上床。

他想，本該把自己讀書的情形，或是把被推薦到美國申請獎學金的事說出來，也許會得到芬芬爸爸的好感。可是因為都是芬芬的爸爸在問他話，他也不敢隨便插嘴說別的，所以都沒說出來。

他有點後悔。

但是他又想，這也好，開始有了接觸，以後會慢慢熟起來的。沒有說出申請美國學校的事，也不算錯，因為他還沒對芬芬提起過，他該先告訴芬芬呀！

偉林想起今天的芬芬鬱悶不快，使得他也憂愁不安。

他無法確定芬芬的爸爸是不是願意理睬他，但是又覺得他並沒有明說不歡迎他跟他女兒交往。他覺得自己今晚勇敢地進入張家大門，是堅強起來的第一步，這是芬芬常要求他的，因為芬芬老是認為他該堅強點，不要像自己那麼懦弱。

但是他不明白為什麼芬芬最後在門口還要嘆氣，並且說他比她自己還純潔，這是愛他的讚美嗎？

他想起了纜車，當時淒風苦雨，兩人都很痛苦，但是現在回憶起來，卻在酸楚之外，有一點兒甜蜜和安慰。

偉林在紊亂的思緒中，疲憊地睡去。

半夜，他被一陣發自內心的寒冷給凍醒。他拉緊了棉被和上面的毯子，包裹住身體，仍然不夠暖。他顫抖著下床，穿上厚毛絨衫褲，再把一個旅遊睡袋拆開，加在毯子之上蓋著，仍然覺得冷。這種冷不是來自外界，是發自體內。

他努力忍住，但是牙齒卻「格格」地敲擊著。他全身發抖，覺得腦門發燙。

他突然感覺自己是要生場大病了。心想，明天早上該去看醫生。

他不願吵醒家人，便裹了厚棉被，下床到廚房倒了杯熱水，慢慢喝了。回到床上時，熱水使他好過一些，身體仍發抖，可是牙齒不打顫了，便在迷糊中睡去……

他忽然看到芬芬來找他，雙手抱了一個大冰塊……

他被冰塊壓在伐木場地上，芬芬卻在啃熱狗……

那冰塊變成一座冰山，芬芬凍僵在裏面，毫無血色……

他奮力去搖冰山，冰山也跟著晃盪，原來冰山是吊在纜車上……

纜車上都是死人，他怎麼也找不到芬芬，卻發現一隻隻的無尾熊……

無尾熊越來越多，張牙舞爪向他攻來，他拿起巨斧猛砍，嘩啦啦地灑下一大堆枯楓葉……

他全身大汗，眼看要把一棵大楓樹砍倒了，卻看見芬芬屍體掛在樹梢……

他努力向上爬，終於抓住芬芬的腳，芬芬卻突然猙獰大笑，露出血盆大口……

芬芬一腳把他從天空踢下，下面都是雨傘尖在等著他，撐傘的都是芬芬的爸爸……

他往下墜，掉進了湯圓池裏，冰冷難耐，芬芬卻漂浮在水面，全身慘白……

那些游泳的人都不理他，他找不到芬芬，急得大叫：

「芬芬，芬芬，芬芬……」

……

……

……

……

偉林逐漸有了知覺。

在朦朧中　他感覺自己好像是從很遠很遠的地方，慢慢地飄了過來。他想張開眼睛，眼皮卻很重，似乎只看到了一絲亮光。

他感到全身麻木，想努力移動手臂，卻只牽動了兩根手指。

慢慢地，光線亮多了，而且很刺眼。模糊中有個白色大方格子，似乎是個天花板。

他依稀感覺旁邊坐了個長髮女人的影子，他想叫芬芬，卻無法發出聲音。

但是他卻聽到了聲音叫他：

「哥！哥！媽，哥醒了！」

那是玉林的聲音。接著，他的床被東西震動了一下，又有人靠近了床邊。他彷彿感到自己舉起右手肘，但是隨即被人按住：

「別動，你手臂上有針。」

他的腦子也清醒了過來，原來自己不是在做夢，卻是從一個遙遠可怕的夢中醒來。

他在四肢能慢慢轉動時，張開了眼。這次一切很清楚，母親和玉林都坐在床邊，他是在一個全是白色的房間裏，那是醫院。

他想開口說話，卻感到胸口炙熱疼痛。

「別說話，你得了急性肺炎。」母親的聲音說。

但是他努力忍住疼痛，很費力，很微弱地問：

「我……是怎麼回事？」

玉林邊撫摸他的頭髮，邊說：

「那天你去看展覽回來後，發了高燒，人都昏死了過去。要不是早上有人打電話找你，我們還不知道你昏倒在床上了呢！」

母親接著說：

「是叫了救護車送你來醫院的。這幾天你爸、我和玉林，天天輪流陪你，好多同學來看過你。」

偉林慢慢轉過頭，茶几上有好幾瓶花。他正想開口，玉林說：

「你已經住了四天醫院，前兩天燒得真可怕，神智都不清楚。昨天晚上燒才退，醫生說肺炎已經控制住，正在消退。」

偉林慢慢說：

「誰來過？」

「差不多誰都來過。」

「芬芬呢？」

「芬芬來過三次，你都沒醒。」

偉林問：「爸呢？」

玉林說：「爸在餐館，這幾天夜裏都是爸在陪你，他向餐館請了兩天假。」

一名護士進來，替偉林做了體溫、血壓、點滴注射等檢查項目。

病房外有人輕輕敲門，玉林過去開了門，畢茲禮教授手上拿著小呢帽，慢慢走進來，跟隨在身後的是凱茜。他們對偉林母親和玉林打了招呼，走向病床前。

畢茲禮教授看見偉林已經醒來，低下頭親切地說：「啊哈，已經過了一個世紀吧！」

偉林正要開口，畢茲禮教授在嘴上豎起一根手指：

「不要！不要；我不是來聽你演說的，你在醫院的情形，我比你知道的更多。」

偉林只好對畢茲禮教授笑笑。

「哈囉，威利。」凱茜輕輕打了個招呼。

「嗨，凱茜。」偉林說。

凱茜看著偉林，起心底發出微笑，兩頰浮現兩個酒窩。她走到床前，把兩個花瓶和兩捧沒插的花，拿進去浴室，淅瀝嘩啦地沖洗換水。玉林走進浴室，幫忙凱茜，並且跟她聊天。

畢茲禮教授對偉林母子說：

「小時候我父母本來是要我學醫的，但是有一天我從樹上摔下來，斷了手臂，母親呼叫了飛行醫生，用飛機把我送到三百四十公里外的小鎮上急救，結果我一人在那兒孤獨地度過了三天三夜，我恨死了那醫生，發誓絕不學醫。我選擇了數學，比學醫有趣多了。」

偉林母子都笑了起來。畢茲禮教授對偉林說：

「所以歷經災難，會使人成長！」

接著畢茲禮教授又說：

「威利，你病好了，我要送你個禮物，美國那所大學錄取你了！」

偉林一陣驚喜，想說話，被畢茲禮教授的手勢阻擋了：

「等你回到學校，我會跟你談談。」

這時凱茜拿來換好的兩瓶鮮花，清新芳香。她把花瓶放好，坐在床邊的椅子上，輕輕握住偉林的手。

偉林感覺到凱茜的手冰涼，那是因為剛才沖洗完冷水的緣故。他腦海裏突然浮現出芬芬的影子，她的手也很冰涼，好像是在展覽會場大雨中，也好像是在夢中冰山裏。

凱茜想對偉林說話，但是她父親已經站了起來：

「該走了，人要知道什麼時候該走，免得別人背後罵你。」

偉林的母親忙站起身來想挽留，但是玉林說：

「媽，讓他們走，這是西洋人的幽默。」

偉林謝了畢茲禮教授，舉起酸軟的手臂，向凱茜揮揮手，凱茜回頭依依不捨地看著偉林，然後走出病房，關上了門。

偉林太疲倦，便閉上了眼睛。

他想最近竟把申請研究所的大事都給忘了。他內心很高興畢茲禮教授帶給他的好消息，父親知道了一定更高興。他也一再地回味畢茲禮教授的話，「歷經災難，會使人成長。」

出院的那天，陽光溫暖，已是初夏。偉林一切都已復原，但是身體仍很虛弱。

他回到家裏自己臥房，母親早已把被褥枕套換洗一新。他疲倦地躺上床，一種家的溫暖舒適，使他沉沉睡去。

他醒來時已天黑，臥室內寂靜黑暗。

他想家人一定都已吃過晚飯了。他感到餓，想起床告訴他們一聲。這時他聽到前面客廳有人談話，家裏有客人。

他的臥室在長廊的最裏間，離客廳很遠，但是他一下子就聽出了令他心動的口音。

芬芬？是芬芬來了！

他驚喜萬分，連忙跳下床，開門要跑出去。

可是好幾個人，卻由長廊走了過來。

「哦，偉林醒了，真好。」母親說。

父親、母親走在前面，玉林和芬芬走在後頭。

「偉林，好一點了嗎？睡夠了嗎？」何志海滿面笑容地迎上前。

「芬芬來了半個多鐘頭了，看你在睡，大家都沒敢叫醒你。」玉林說。

芬芬沒有說話，微笑看著偉林。幾天沒見，芬芬頭髮剪短了，穿了一件有淺黃花的白色短上衣，一襲水綠色的裙子，顯得更加清新秀麗。

偉林當著家人面，也不知道要怎麼說，他很想過去抱住芬芬。

「偉林，進你屋子去啊！開開燈吧。」母親說。

偉林忙開了燈，請大家進來。

他發現自己穿著睡衣，一定也蓬頭垢面。尤其床上，被褥零亂。他連忙過去拉扯，使它們整齊些。

「沒關係啦，哥。」

「沒關係，偉林。」芬芬輕柔的說。

偉林喘著氣，回轉身來，坐在床沿。

何志海說：「我剛下班回來，有些帳務要核對，你們聊聊。」說完走出屋外。

母親問偉林，晚飯想吃什麼，偉林忙說什麼都可以。

玉林接著說：「我去給你們倒杯茶。」

屋裏只剩下了兩人。

偉林坐到芬芬身邊說：

「芬芬，好像很久了。」

「真的，偉林。」芬芬深情地望著他：「你住院時，我急死了。」

「妳怎麼來的？」偉林問。

「我自己來的。」芬芬想了想才說：「考取了駕照，我爸爸給我買了輛車。」

「哦，」偉林說：「妳爸爸沒問妳去那兒嗎？」

「他不知道，他們去朋友家吃晚飯了。」芬芬接著說：「偉林，我已經出來一個鐘頭，該走了，免得他們回到家時，我不在。」

「芬芬……」偉林聽她說要走，千言萬語很急地說：「芬芬，發燒的時候，我做了許多夢，裏面都有妳，好可怕。芬芬，我很想妳。」

「我知道。」芬芬低下了頭。

「芬芬，妳要多注意身體，好嗎？」

「我會，偉林，你更該注意。」

偉林苦笑了下問：

「上次去妳家之後，妳爸爸提起過我嗎？」

芬芬猶豫了一下說：

「沒有。」

偉林突然想起來說：

「芬芬，我錄取了美國大學研究所了。」

「哦，那太好了。」芬芬臉上一陣喜悅，隨後冷靜地問：「你去不去呢？」

「我想我會去的，大家都希望我去。」

「那你自己呢？」

「我怎麼能不去？大家都要我去。」偉林急了，忙問芬芬：「怎麼辦？芬芬，我捨不得離開妳的。」

芬芬撇過頭去，半晌之後問：

「你什麼時候去呢？」

「我也不知道，大概下學期吧？」

芬芬回過頭來的時候，眼中有著淚珠，偉林一陣心酸說：「芬芬，待會兒我向爸說，要他跟妳爸見面。」

「偉林。」芬芬忙接道：「不能這麼做，你會把事情弄僵。」

「那我們怎麼辦？妳家朋友又快到了。」

「別逼我，我也不知道，這件事不會有結果的。」芬芬啜泣起來，偉林忙摟住了她。

這時玉林進來叫偉林出來吃晚飯，母親已煮好了麵。

吃麵的時候，兩人都沒有說話，芬芬只和偉林家人聊了幾句。

偉林吃完麵，芬芬終於說：

「偉林，我必須走了。」邊說邊對偉林家人致意。

偉林很想留她，但是想起她剛才說的，要趕在父母回家前回去，只好跟她走到門口。開門的時候，芬芬暗地握了一下偉林的手，很短暫，但是偉林感受到一股寬慰。

「別想太多了。」芬芬低聲說。

「什麼時候見面？」偉林問。

芬芬想了一下說：「我會打電話給你。」

偉林看著芬芬在黑暗中，坐進那輛新車，緩慢開走。

他感到悵然失落，一人站了很久，才回屋去。

偉林在家中休養幾天後，天氣暖和起來，馬修和保羅邀請偉林去雅拉河畔騎自行車，說是幫助他恢復體力。

雅拉河橫穿過市區南部，一邊是高樓大廈，其中夾雜著古老教堂，另一邊是綠草地烤肉區，有排濃郁大樹。河上架了幾座石橋，有著古老雕像和銅鑄燈。

他們三人沿河邊腳踏車步道往東騎。河上有兩排划船選手，正在練習操舟。整齊劃一的動作，像是一隻長腳蜈蚣，在平靜的水面，劃破兩道箭形的波紋。

「來吧，咱們騎到奧運會場去。」保羅說。

「威利，你行嗎？」

「我想我行，如果不行，我就推著車陪你們去。」偉林開玩笑地說。

「算了吧，馬修！威利現在壯得能打五局網球。」保羅為偉林打氣。

他們從一座古橋下面穿過，騎了段上坡路，到了那座一九五六年設立的奧運田徑場。因為沒有活動，所以整個場內非常寧靜，天上只有不時飛過的白色海鷗，展著明亮的白翅膀，發出呀呀的叫聲。

他們把車斜倒在地上，揀了柔軟的草地坐下來休息。

「威利，你去舊金山可還要回來喲！」馬修叼了一根草在嘴裏說。

「別被美國姑娘給迷住了！」保羅說。

三人都笑了起來。

「威利不回來的話，凱茜就是別人的了。」馬修突然說。

「不要亂說，馬修。」偉林為凱茜辯護說：「凱茜是畢茲禮教授的女兒。」

「我當然知道。」馬修俏皮地說：「但是，誰都知道威利是畢茲禮教授的女婿！」

說完，馬修誇張地大笑起來，用力朝偉林背上拍了個大巴掌，偉林知道爭也沒用，只好隨他笑。馬修看保羅沒搭腔，就問：

「你不同意凱茜是威利的？」

保羅沒有回答馬修的玩笑，卻對偉林正經地說：

「威利，我有件事要告訴你。」

馬修停止了笑，偉林問保羅：

「什麼事？」

「威利，我真不知道是否該對你說。」保羅停了一下，繼續說：「我認為你不該同時擁有兩個一樣要好的女朋友。」

「哦？」偉林吃驚地問：「怎麼說呢？」

「那名漂亮的中國女學生呀！」保羅說。

偉林恍然大悟，原來他指的是向紅，不禁笑著對保羅說：

「你說的是向紅呀，真太不幸了，她呀，居然是畢茲禮教授──我的『岳父』所介紹的。哈，哈，哈。」

這次輪到偉林仰頭大笑起來，馬修也指著保羅，跟著大笑。

但是他們很快發現，保羅只是在一旁，很嚴肅地看著他們。過了一陣子，保羅說：

「威利，你知道以前班上的大嘴巴瑪格莉特，上個月她在展覽會場，看到你和向紅坐纜車。」

這句話的確使偉林愣住了，原來保羅指的是芬芬。

他急著說：

「那不同，那不同……」

但是他忽然醒悟了，把話打住。

他想，絕不能再多扯出一個芬芬來，那會使情勢更糟。但是他也不能解釋說跟「向紅」沒有感情，因為他與芬芬在纜車上的情景，是無法解釋的。他想到剛才自己還在開保羅玩笑呢，心中很急，百口莫辯。

保羅和馬修都在靜靜地看著他，他只好喃喃說：

「……那不同，那件事跟你們想的不同。」

偉林覺得自己這句話，完全不可能使任何人信服。

果然，保羅說：

「我在一進大學時，曾同時有兩個女朋友，她們彼此發現後，很快就跟我吵翻了。我得到了什麼？一直到現在快畢業了，也無法再交到一個真心的女朋友了。」

馬修一改平日的嬉笑，一本正經地說：

「威利，不要腳踏兩條船。」

偉林只好苦笑了笑。

回去的路上順風又下坡，車子踏起來非常輕快，但是偉林心中忐忑不安。

八、激　盪

畢茲禮教授告訴偉林，美國大學是給他明年度的獎學金，因此偉林應該在二月份澳洲暑假過後，儘早赴美，在美國暑假前，有段生活及課業上的適應準備。

他也關心交代給偉林的事，是否為他對向紅的數學程度，做了初步評鑑，有沒有給向紅一些指導。偉林因為一連半個多月的生病，這件事完全耽誤了下來，因此他答應立刻進行。

偉林打電話給向紅，說明許久沒有連絡的原因，向紅倒是很大方的表示沒有關係。

偉林不願意約她在學校見面，以免發生無謂的誤會，因此想找個其他場所，向紅提議何不到她住處坐坐。她租的一間房子，屋主是一對退休的老夫婦，因此很安靜，偉林覺得很合適。

有了上次經驗，偉林這次穿了件薄西裝上衣。開車找到了地址，那是一個老住宅區，一棟年代已久的維多利亞式老磚房，紅色屋瓦上長滿了綠色青苔，側牆上爬滿了青籐。門前迴廊柱子上有著白色雕花裝飾，前院有兩棵筆直的老杉樹。

偉林把上衣拉平，正要按電鈴，裝在門中央的銅把手卻已在轉動，門開了，向紅笑嘻嘻地站在門口：

「我聽見你的車子聲音了。」

他隨向紅進入屋子，厚重的地毯，一條陰暗的直廊，兩旁是客廳、餐廳、書房，都很整潔古樸。壁爐上一幅大油畫，是一家六口人，穿著整齊地微笑站著或坐著。

向紅開了燈說：

「老夫婦都去圖書館了。他們本來和兒女同住，兒女大了，有的到遠地學習，有的有了愛人，生了小孩，都搬出去住了。他們老夫婦就把最後面一間出租，一方面可以有點收入，一方面也不悶。」

向紅關了燈，帶偉林穿過廚房和起居室區域，到後面一間獨立的臥室。

「這就是我的房間，有壁櫥、有床、有書桌。他們給我專用浴室，因為他們老夫婦用前面主臥室的。」向紅接著說：「咱們在起居室坐好嗎？客廳太遠太嚴肅，我不喜歡。」

偉林在起居室的大沙發上坐下，對面是三扇大落地窗，窗外是陽臺，院中有幾棵古樹。廚房就在起居室的另一角，沒有牆間隔，有一個長桌檯。向紅拿出杯盤，問偉林：

「喜歡喝咖啡，還是茶？」

「哦，茶，謝謝！」

向紅穿了件鵝黃色緊身線衫，淺綠色短褲，頭髮紮起馬尾，顯得清新而年輕，跟上次在大學餐廳時完全不同，倒是偉林今天反而西裝革履。

她對偉林嫣然一笑，半彎下腰肢在壺中接了水，伸出細白的手臂，把電壺插上電。然後輕盈地扭轉身，併起兩條大腿蹲下，在矮櫥中取出茶葉罐，站直腰開冰箱拿出牛奶。她踮起腳尖，挺胸伸直手想拿那頂層的一盒餅乾，卻搆不著，偉林正要起身幫忙，她卻用力向上跳了兩下，馬尾巴上下抖動，總算拿到了餅乾。

她一邊回眸朝偉林笑笑，一邊用手把線衫向下拉平，雙手插腰，刻意柔軟地扭了扭，彷彿累了。

水開了，她關了壺上開關，一手執壺，一手輕按壺蓋，慢慢注滿兩個咖啡杯。然後拿出兩個茶袋，以纖巧的手指高高捏住小繩端，在杯中上下浸泡了四五下，然後扔在垃圾筒內。

她大概是為了省事，卻似有意背對著偉林，俯身在長桌檯上，伸長兩腿，隔著檯子把另一邊小抽屜拉開，取出兩個小茶匙，「可可」放在碟子內。然後拿出兩塊小酥餅乾，也放在碟子內，伸出舌尖，舔掉手指上的餅乾渣。

她這一連串動作，俐落有致，在偉林面前舉手投足，做得輕巧優美，就像個空中小姐。

她雙手平胸端著兩碟茶，朝偉林走來，突然抬眼，嫵媚一笑。

偉林在長沙發上看了幾分鐘，突然遇到她的微笑眼神，一時不好意思，忙起身接過茶碟，隨口而說：

「妳……妳還習慣西方生活吧？」

向紅並沒回答，很小心地端著自己的熱茶碟，慢慢向下屈膝坐在邊上的大籐椅上，然後放鬆伸出兩條長腿，輕呷了一口茶。這才甩過馬尾，向偉林說：

「我愛外國生活，你呢？」

「我因為上學的關係，一直跟澳洲人在一塊兒。」偉林又說：「在家裏，我們的生活完全是中國式的。」

向紅把頭舒適地靠在籐椅上，閉上眼故意扭動了一下腰部，把一條腿疊在另一條腿上，讓自己姿態在偉林面前更舒服放鬆些。

她喝了口茶問道：

「前天各地市長選舉，你投票了嗎？」

「投了，澳洲不投票會罰款的。」偉林接著問：「妳對政治有興趣？」

「沒有，隨便問問。」

「妳投票了嗎？」偉林反問。

「沒有，我不是公民，沒資格。」

「哦，我忘了。」偉林接著問：「妳拿的是學生簽證？」

「對，最不值錢的簽證，畢業後不准居留的。」

「可是天安門，你們不是都能居留下來？」

「那是指六四以前來的人，我是以後才出來，怎麼行？」向紅回答。

「如果有了工作呢？」偉林問。

「學生簽證不准工作。中國跟澳洲有協定，學生畢業非回國不可，除非呀，嫁給了澳洲人。」向紅斜眼望了下偉林。

偉林笑了笑。

他想了一下措辭後，告訴向紅，他想知道一下她在大陸上讀數學的進度，是否跟澳洲一致，教法跟觀念是否一樣。

「你是想考考我呀？」向紅微笑著一語道破。

「哦，那……那不敢當。」偉林臉紅起來。

「沒有關係，你是應該的，這樣對我也好，不然你怎麼教我呢？」向紅站起來，向她的臥室走去，邊說：

「畢茲禮教授萬一問起來，你也好有個回答。我去拿紙筆。」

向紅把話說得很明白而乾脆，省卻了偉林的支吾難開口，他很佩服她的靈敏果斷。

偉林在沙發上出題目時，向紅在他面前收拾起茶碟，然後又過來輕輕抹去桌上的水痕，便走到廚房洗起來。偉林望著紙，有點心神不定。

這時向紅走過來說：

「我一定擾亂你的心思吧？你可以到我房間去寫，靜一點兒。」

說完，她把桌上的紙拿起來，走向臥室，偉林只好跟著她進去。

向紅把紙放在書桌上，開了檯燈，出去關上了門。

臥室裏的確很安靜。設備很簡單，一張大床、書桌、靠背椅和一個書架而已，但是一切很整齊。被褥鋪得很平，書架上只有幾本書，書桌上放了一些化妝品和鏡子，以及一個有向紅照片的小鏡框。

偉林拉開椅子坐在桌前，一股濃郁的香味，大概是來自桌上小籃子裏的香包。

他定下神來，出了好幾道觀念上深淺不同的題目，然後開門出來。

向紅正屈腿蜷臥在沙發上看電視，她聽見偉林開門聲，立刻站起來，接過題目，笑著說：

「學生領考卷了。」

偉林笑了下，他發現向紅嘴唇上已抹了粉紅色口紅。

向紅在答題目的時候，偉林開了玻璃門，走到後院。

後院有幾棵高大古樹，樹幹是光禿禿的花白色。綠草地上，舖著一塊塊的白石子地磚，引導向一個小游泳池。池裏沒有水，池底聚集了許多樹葉。

一陣風吹過，游泳池底的乾樹葉，打漩渦般地舞動起來。

池子四周是白地磚，但是已經有了幾道裂縫，還長出了草。牆角有個鐵皮小屋，門關著，想來裏面必定是放了剪草機、泳池濾水器或一些鏟子、耙子等工具。

游泳池前面草地旁有個木架涼篷，下面有個烤肉鐵架，但是已經生了銹，旁邊幾個固定住的大木塊椅子，日曬雨淋，已經變成了黑褐色。

偉林可以想像，當年屋主老夫婦一家人，一定生活得很愉快，後院裏一定像一般澳洲人一樣，到了週末高朋滿座，游泳的游泳、烤肉的烤肉、喝酒的喝酒。可是現在兒女長大了，離開了，只剩下一對老夫婦住在這兒，也就無心無力去整理後院了。

隔著大玻璃門，偉林從遠處看見向紅在起居室內，交叉著大腿，坐在那兒聚精會神地寫著。

他覺得她今天跟那次在校園餐廳完全不同。那次她看來是個成熟銳利的女性，今天卻顯得年輕活潑。他想也許是打扮的關係吧，上次她穿得很正式，今天穿得很簡便。

他想起了剛才，她在起居室和廚房之間，輕飄活潑地來往穿梭，那勻稱的體態，倒水沏茶，讓人看來心裏有股莫名的熨貼舒適。

屋裏的向紅突然抬起頭來向外望，偉林想移開目光，已經來不及了，她看見了他正在樹下看她。

偉林不好意思，立刻向她笑了笑，可是她臉上沒有反應，卻只是定睛注視著他，好一會兒，才逐漸翹起嘴角，瞇起眼來慢慢地對他神祕地微笑一下，樣子很媚。

偉林一時一陣心亂，在四目交投的漫長時間中，偉林拋出的微笑招呼，怎麼在向紅臉上經過那麼久，才慢慢地有了神祕微笑的反應？她是在想什麼嗎？

就當她是在想題目答案吧！

他不能還站在後院，便低頭向前走，經過窗玻璃前，他故意看向另一邊圍牆，很快地走到前院去。

偉林走出門口，在人行道上，來回踱了好幾趟，他覺得該給她多點時間答題。

當他回到大門口去扭動門把時，大門是鎖住的。他不想按門鈴去叫她開門，於是，再從前院邊上，走回到後院，從大玻璃門進入起居室。

向紅不在那兒，也不在廚房，也不在她臥房。

他聽見了前門的關門聲，於是便向長廊走去。

一個轉彎，幾乎跟向紅撞上了。

他馬上後退，向紅卻格格地笑了出來：

「你在跟我捉迷藏呀？我聽見門把轉動聲，去給你開門的呀！」

偉林忙笑著說：

「我看門鎖著，所以又從後院進來了。」

向紅嘻嘻地笑著，用手輕拍偉林的胸膛：

「你這個大孩子，把我嚇死了！」

偉林抬起手，要去挪開胸前向紅的手，卻正巧疊上，握住了她的手。

向紅突然停止了笑容，手極微弱地顫動了一下，但卻沒有撤回的意思。她的一對大眼睛，緊緊注視著偉林。

偉林忙放下向紅的手，突然感到心跳加速起來。他很想隨便說些什麼話岔過去，但是心猿意馬，說不出口。他逃不開向紅的大眼睛，兩人站得太近，他甚至能感覺到她呼出的氣息。

向紅嘴角慢慢揚起來，瞇起眼，露出很媚的微笑，就跟剛才在後院看見的一樣。然後她輕聲說：

「你怎麼老盯著我看？我好害羞，你要我幹嘛呀？」

「我……」偉林正要說話，向紅插進嘴去：

「你不是該看我的考卷了嗎？」

「哦，對，當然。」偉林像被雷劈醒了般，立刻走向起居室。

向紅的答題紙放在矮桌上，偉林很快坐下，低頭開始儘量努力著。

「我到前面客廳裏去，好嗎？免得讓你分神。」向紅說。

「哦，好，謝謝妳。」偉林匆忙回答，仍舊低著頭，並沒有去看她。

「鈴……鈴……」門鈴響了。

偉林聽見向紅在前頭應門，是屋主老夫婦回來了，他們在前面客廳裏談起話來。

屋子裏多了人，偉林心裏突然平坦踏實了許多，便仔細地把向紅的答案看完。

他正想站起來出去告別，向紅帶著老夫婦進入了起居室，向偉林介紹。這對老夫婦個子很小，都戴著眼鏡，看來很隨和開朗。他們說每星期都要去兩次圖書館，並且順便在旁邊的購物大廈中，消磨一個上午。

老太太從一個大手提袋皮包中，取出一個紙包，對偉林和向紅說：

「你們猜我買了個什麼？打了八五折的。」

說著拆開了紙包，是一個瓷製的無尾熊母子。瓷質不錯，釉彩光亮，灰褐色的母熊背負著小熊，樣子很可愛。

「好可愛呀！我真喜歡！」向紅接過來把玩著。

「的確很可愛，妳買了件很好的東西。」偉林對老太太說。

「要快買呀！要不然以後無尾熊要絕種了。」老太太誇張地說。

偉林辭別了老夫婦，與向紅走出門口。

「妳也喜歡無尾熊？」偉林問。

「不喜歡，剛才不忍掃她的興。」向紅回答：「我喜歡袋鼠。」

「哦？」

「你瞧，袋鼠成群地在草原上跳躍，征服了大地。無尾熊成天攀在樹幹上吃，是個寄生蟲！」

偉林笑了出來：

「真有趣，我第一次聽見這種形容。」

向紅也笑了，然後問：

「老師給我打的分數怎麼樣啊？」

偉林臉上一陣紅暈，回答說：

「不敢當，妳答得很好，只是幾何證明題的方式和步驟，跟澳洲這兒不大一樣。」

偉林上了車，向紅彎腰俯在車窗邊上說：

「你是個人見人愛的大孩子，只是，有時令人難堪。」

然後退後一步，揮揮手送他離去。

偉林晚飯後，在電視機前坐了一會兒，跟母親隨便聊了幾句，很早就進臥室上床了。

他無法不去想今天上午。

向紅沏茶的一舉一動，看他的眼神，她臥室的芳香，以及她的微笑……

他忽然想到了芬芬，多麼不公平！芬芬跟他有多麼深厚的感情，即使連凱茜也跟他認識這麼久了。

他儘量不去想今天上午，那是不該想的。

偉林在疲倦中睡去。

夜裏，他夢見獨自在後院裏奔跑，院子內有個很大的游泳池，池水碧綠純淨，很吸引他下去游。然而到了池裏，卻發現水早已枯乾，只有許多楓葉。

泳池裏有個裸體的女人，他很想跟那女人游泳，但是苦於沒有水，兩人只好趴在那堆乾樹葉上拚命划、游，但是怎麼樣也不像在水中那麼自在。

……

偉林突然醒了過來，身體的衝動，使得心臟跳動得很快。

他想起上次大病前，也曾做了奇怪的夢。他趕快摸摸腦門，上面有汗，但是沒有發燒。

他感到有點懊惱，便起床輕輕走到浴室，沖了個澡，然後回到床上。

冷靜了下來，卻睡不著了。

他想起剛才令人臉紅的夢境，所有經過都歷歷在目，但是卻無法記起那女人的臉是什麼樣子。她沒穿衣服，因此也不知道是什麼樣的人。

他寧願那是芬芬。

九、送 別

聖誕節到了。

十二月和一月是最炎熱的季節，太陽光的照射令人感到刺燙。中午的溫度，高達四十度，晚上，又會降低到二十度，也許會來陣大冰雹，人們又得穿上件夾克。

購物中心裏開足了冷氣，走廊、室內庭院和每家商店，都佈置了聖誕樹、假雪景等裝飾。那化妝的聖誕老人，真的穿上了厚重的翻白毛紅襖、紅褲、黑靴，戴著紅帽和假鬍鬚，汗涔涔地背了大袋糖果，分發給穿著背心短褲的孩子們。

黃昏時走在住宅區的人行道上，可以很清楚欣賞到，住家窗內不同的聖誕樹，五彩繽紛亮晶晶的燈飾。

凱茜在聖誕節後，就要去巴黎改學時裝設計了。她在巴黎的表姐，自前年凱茜母親去世後，就一直鼓勵她去。

何志海夫婦和偉林商量的結果，決定在聖誕節後第二天，就請畢茲禮教授和凱茜來家裏吃晚飯，感謝畢茲禮教授對偉林的照顧，也順便給凱茜送行。

那天下午下了一陣雨，天氣較為涼爽了些。畢茲禮教授和凱茜七點鐘到達郊區的何家時，太陽還斜照在半空中。

何志海夫婦早在墨爾本大學的開放日，就在校園與畢茲禮教授見過面，偉林上次住院，畢茲禮教授父女還曾前往探視，所以他們並不陌生，畢茲禮教授帶了一瓶香檳酒給何志海全家，凱茜則帶一捧鮮花給何太太。

在客廳坐下後，偉林把香檳打開，倒在杯子內，送給客人。

畢茲禮教授喝了一口說：

「我聞到了比香檳更香的味道。」

何志海笑了笑說：

「這是我太太她們在廚房準備菜，她在炸春捲。」

偉林和凱茜相對會心的笑起來。

「何先生，你能告訴我們，為什麼叫春捲嗎？」畢茲禮教授問。

「這是在古老中國的農業社會裏，農曆新年時，迎接春天的來臨，所做的菜。」何志海接著說：「我們還有春餅、春酒。」

「臺灣的中國人也吃春捲嗎？」

「哦，當然。」何志海笑著說：「臺灣的春捲，臺灣的所有中國菜，都做得最好。」

「那次我該去臺灣吃雜碎。」畢茲禮教授說。

「還有千年蛋。」凱茜補了一句。

「什麼是千年蛋？」何太太從廚房走出來。

「就是皮蛋，有些澳洲人這樣叫。」偉林說。

大家笑了起來。

何太太請大家到餐廳入座。何志海夫婦分坐兩端，畢茲禮教授和凱茜、偉林和玉林，分坐兩側。

何志海問畢茲禮教授是否要換飯間酒，畢茲禮教授說：

「不必了，謝謝，我寧可喝我的香檳，帶來之後就不能吃虧呀！」

大家一陣笑之後，畢茲禮教授繼續說：

「今天喝香檳，有幾件事要慶祝。慶祝聖誕節，慶祝馬上來臨的新年。另外，最重要的，慶祝威利・何畢業，去美國繼續研究。」

大家舉杯時，何志海說：

「也要慶祝凱茜後天到巴黎去。」

偉林跟凱茜碰杯時，發現凱茜對他的笑很勉強，大概是因為離愁。她今天打扮得非常端莊美麗，銀色的耳墜和項鍊，更使得她容光煥發。

「畢茲禮先生。」何志海說：「我們和威利都很感謝你。」

「不、不。」畢茲禮教授很正經的說：「我們要感謝威利，是他使墨爾本大學有了光彩，不是要他感謝墨爾本大學！」

菜很豐盛，其中幾道糖醋里脊、蠔油牛肉、炸春捲，畢茲禮教授都讚不絕口。

凱茜並要求何太太把糖醋里脊的做法，以及佐料配方告訴她。她很用心地把豬肉、糖、醋、蒜末、太白粉等的用量和入鍋先後的程序，用筆仔細記了下來。她說她要把這道神祕又複雜的菜，帶到法國去，表演給她表姐和新認識的同學品嚐。

「凱茜，妳在走前，要先做一次給我吃。」畢茲禮教授說：「如果不合格，妳是不准走的。」

「沒問題。但是，爸，我並不想走。」凱茜回答。

畢茲禮教授探過頭來，神祕地對偉林說：

「威利，我敢打賭她不是捨不得我！」

偉林感到不好意思，但是大家都笑了，他也只好笑笑。

他看看凱茜，她沒有笑，但是眼神中，充滿迷惘和失落。

偉林很想去握住凱茜的手，給她一點安慰，他知道凱茜一定正在渴求。但是，即使近在咫尺，他卻連這一點都無法為凱茜做到。

飯後，大家就在餐桌上，一邊喝咖啡、茶，一邊聊著。

偉林找不出機會和凱茜單獨相處一下，雖然凱茜一直不斷用眼神看偉林，可是大家的話題總離不開偉林，而且玉林也不斷和凱茜談笑，因此偉林無法把凱茜帶開。

最後，畢茲禮教授終於起身要走了，他一再向女主人表示今晚的菜美味可口。

偉林跟凱茜先出了門，走向停車處。

凱茜說：「我爸爸說得對，人要知道什麼時候該走。」

偉林內心很歉然的說：「後天我會儘早到妳家去。」

他看到凱茜在黑暗車廂中，對他盼望的神情。

凱茜走的那天，偉林很早便開車到了她家。

他送給凱茜一本英文的中國菜食譜，凱茜小心地放進皮箱。

凱茜的姑母也在，他們共同與凱茜最後檢視一遍行李，偉林則一一再把所有行李裝好、鎖好。

凱茜姑母不斷和他們談話，叮囑她的弟弟畢茲禮教授，在凱茜走後，如何照顧自己，也諄諄告訴凱茜，她去年到巴黎看她女兒，凱茜表姐的情形。

即使在最後一刻，偉林也沒有時間與凱茜單獨相處。

他們前往機場時，凱茜和姑母坐畢茲禮教授的車，偉林則單獨開自己那部老車，載運行李。

辦完登機手續，何志海夫婦和玉林也來了。凱茜和她的幾名要好同學、她的父親和姑母，以及偉林一家人，都照了相片。

最後要進出境門時，凱茜跟同學一一道別，跟偉林一家人道別，跟姑母及父親擁抱了好一陣，她的眼圈早紅了，眼淚也落下了臉頰。

這時凱茜再也忍不住，忽然放下了手提袋，抱住了偉林，很快地在他嘴上親了一下，
低聲說：

「我們還會再見面吧？」

偉林心裏非常酸痛，忙回答：

「一定會的！」

凱茜放了偉林，擦了眼淚，提起手袋，頭也不回，很快地走進出境室。

等到偉林偷偷用手抹去眼中的淚水，再抬頭看時，玻璃門裏，再也看不見凱茜的身
影了！

偉林心中像是突然失落了一個親人，他非常後悔這幾天為什麼沒多陪陪凱茜。即使前天在他家吃飯，他也該不顧旁人，大膽地叫凱茜離座，到他房間去談談心。

現在，居然就這樣跟她分手，從此分隔幾千里地了。

他覺得對不起凱茜，對不起這個認識最久的女友，但是，現在一切後悔都太遲了。

「偉林，該走了。」

何志海的話，驚醒了他。

他發現大家都走了，連母親及玉林都不在了。

「玉林開車跟你媽回去，咱們兩人坐你車走。」

父子默默地走到停車場。何志海拿過鑰匙開車，偉林坐在旁邊。

車子上了高速路，開了一會兒，何志海說：

「你覺得凱茜這女孩子怎麼樣？」

「很好。」偉林回答。

「芬芬呢？」

偉林沒想到父親會問到芬芬，便說：

「芬芬當然也很好。」

何志海沒說話，車子平穩地疾駛，偉林不知道父親在想什麼。

何志海終於說話了：

「我完全同意你所說的，芬芬和凱茜都是好女孩。但是，偉林，你只能選一個。」

偉林沒說話。何志海又說：

「這不只是道德或道義問題，也是你長大成人，如何對一件事情負責任的問題。」

「爸，我知道。」偉林諾諾地回答。

偉林想了一下，終於鼓起勇氣問何志海，他心中早就想問的問題：

「爸，您對芬芬和凱茜的看法怎麼樣？」

何志海說：

「這不是我的問題，完全是你自己的選擇。」

但是停了一下，何志海換了婉轉的口氣說：

「如果你一定要問我的意見，凱茜很可愛，但究竟是金頭髮白皮膚。芬芬不同，芬芬是臺灣出來的，道地的中華兒女，現在這種女孩子不多了。」

偉林沒想到，父親在跟芬芬和凱茜的僅有幾次談話中，早已做了比較。

一路上，父子沒有再說話，但是偉林不斷思索父親的話，心中油然而生深深的感恩。

十、衝突

聖誕節、新年這段期間，是夏天最乾燥的季節。

藍天掛不住多少雲彩，更別說下雨了。家家戶戶草坪上，噴水器的雨花，偶爾會在綠草地上，搭起一座小小的人造彩虹來。

偉林這陣子比較忙亂點，請畢茲禮父女吃飯，送別凱茜，再加上跟畢茲禮教授討論對向紅的學業評鑑。同時他自己也開始了研究美國大學研究所的課程，三兩天總要在墨爾本大學圖書館度過。

他急於要找芬芬，巧的是芬芬曾打電話來，他卻不在家，他打回找芬芬也找不著。

終於，他打通了給芬芬的電話：

「芬芬，我找了妳好幾次。」

「我也是。」芬芬輕柔的聲音。

「好幾天沒見了，妳都在幹嘛？」

「沒幹嘛，天太熱了，你呢？」

「多半在忙別人的事。」

聽到這句話，芬芬問：

「凱茜走了嗎？」

「走了，上禮拜。」

「你去機場送了嗎？」

「當然送了，我們全家都去送了。」

沉默了一下，芬芬說：

「那是應該的。畢茲禮教授推薦你去美國的事，現在怎麼樣了？」

「就是那樣嘛，妳都知道。我現在正忙著準備一些資料，美國研究所跟這兒科目不盡一樣。我幾乎天天跑大學圖書館，有很多東西必須在走以前準備好。」

芬芬沒說話，偉林看不見她表情，問道：

「芬芬，妳在幹嘛？」

「我？在跟你打電話呀！」

「芬芬，我很想妳，妳呢？」

「還用說嗎？」

「芬芬，今天下午見個面好嗎？晚上一塊吃飯？」

芬芬沒立刻回答，停了一下才說：

「不行，偉林。我要在家幫媽媽做事，晚上家裏請客。」

「請誰？」

「一家姓游的。」芬芬的聲音很低。

「那就明天見面，好嗎？」

「明天，也不行。本來幾個朋友找我明天去一個海邊露營，可是我不想去，就推掉了。現在如果傳出跟你出去，那恐怕不太好。」

「噢。」偉林接著問：「芬芬，妳是不是不想見我？」

芬芬急忙說：

「偉林，你說些什麼？你這樣說會傷我的心。」

「那我明天去妳家看妳總行了。」偉林也急著說。

「偉林！你不能再衝動了，上次晚上你到我家很不好。」芬芬聲音也大了起來。

「我覺得很好呀？妳不是老叫我要堅強起來嗎？」

「偉林，你，你不懂事。你知道後來我在晚上趁爸爸出去時，抽空去醫院、去你家看你有多難？幸虧我剛會開車，你想想，我能叫爸爸載我去看望你嗎？」

芬芬一連串的話，偉林接不下去了，暫時緩和了一下情緒說：

「芬芬，我只是想妳。」

「我當然知道，偉林，別再說這些話了，堅強一點。」

「芬芬，妳比我還弱。」

「你，唉……」芬芬的聲音有些哽咽：「我好想哭，偉林，你讓我生氣。」

偉林於心不忍，連忙說：

「芬芬，對不起，真的，對不起。」

停了下，偉林說：

「我明天能打電話給妳嗎？」

「最好不要。」芬芬接著說：「讓我打給你。」

「要是我不在呢？」

「我會找時間再打呀！」芬芬急了起來。

偉林覺得自己是有點幼稚，轉了話題問：

「妳爸爸怎麼樣？又提到過我們嗎？」

「他現在……唉，偉林，別在電話裏說好嗎？等見面再說。」

偉林放下電話後，有些後悔，好幾天沒見面了，這段電話交談完全沒有頭緒，沒有結果，只使人懊惱。

懷著不安的心情，偉林前往學校圖書館，他先到了系辦公室，沒有人，他的桌上卻有一個信封，畢茲禮教授給他的。拆開一看，裏面是一張巴黎鐵塔的明信片，凱茜剛抵達不久寄來的，上面只有匆忙的問候和簽名。想來是剛到異鄉，一切忙亂，還沒安定下來。

偉林把明信片放回信封時，看到信封背面有一行畢茲禮教授的字：「向紅找你。」

他突然記起曾答應畢茲禮，要告訴向紅應該要準備的參考書的事。

可是他現在沒心情去理會這件事，他也不想看到向紅。但是他又想，這件事總得要去辦的。

他拿出紙筆給凱茜寫回信，但是寫完了看看，又撕了扔進字紙簍。

他終於還是走進圖書館，去給向紅準備幾本參考書。

整個下午，他心情紊亂，整個心都在芬芬身上。

他找完參考書，接近晚飯的時候，想打電話告訴向紅，但卻找不到電話號碼。他想吃完晚飯後回家時，順道給她送去，如果她不在，那更好，可以交給屋主老夫婦，也省得囉嗦。

他開車到唐人街的一家中國餐館，想一個人好好靜靜吃一頓。整天心情不好，中午又沒吃什麼，現在感到飢餓起來。

餐館內坐滿了人，他正在找有沒有空位，卻一眼瞥見角落的一桌客人中，芬芬正在座上，而且也看見了他。

偉林一陣高興，走上前去，芬芬正在搖頭示意，偉林卻已叫出了口：

「芬芬！」

偉林想撤回已來不及，那桌上幾個人都回頭看，偉林只認識芬芬父母。

正躊躇間，芬芬卻大方地站了起來：

「噢，何偉林，原來是你，一個人來吃飯？」

「對。」偉林看了下芬芬父母，說道：「張伯父伯母好。」

芬芬父親點了下頭，芬芬母親說：

「要不要一起坐下來吃？」

「哦，不，謝謝。」偉林忙隨口說：「我外面還有同學。」

芬芬邊上坐一個戴眼鏡的壯碩青年，說道：

「阿芬，給我們介紹一下呀！」

芬芬於是指著一對夫婦，對偉林說道：

「這是游伯父游伯母。」然後介紹這名青年：

「這是游秀雄。」

「我是游秀雄。」說著他站起來，伸出手。

「我叫何偉林。」偉林也忙伸出手，他發現游秀雄高大粗壯，手掌厚實有力。他戴著一副深度近視眼鏡，鏡片上有很深的兩道圓圈，偉林突然知道了他是誰。

游秀雄問：

「來多久了？」

「八九年了。」

「哇，好久，我才來八九天。」他接著又問：「現在澳洲什麼季節？」

「什麼季節？」偉林有些不解：「是夏天。」

「我說什麼體育季節？」

「噢，在墨爾本是板球，雪梨那邊是橄欖球。」

「橄欖球，太好了。」他的厚胖臉上笑了起來：「我出來之前剛打過一場，還鬧了個笑話。」

他把鼻樑上的眼鏡往上一推，喜形於色地接道：

「打橄欖球不能戴眼鏡，那天對方球衣顏色跟我們很像，我不小心一拳揍到自己隊友鼻子上。哈，哈，哈，他流了好多血，哈，哈，……」

偉林勉強跟著笑笑。

游秀雄一掌拍在偉林肩上，說：

「我看你也很喜歡體育，來，坐下聊聊，喝杯酒。」他轉頭對芬芬說：「阿芬，找把椅子。」

芬芬沒有行動，偉林忙說：

「很抱歉，我實在，實在有事，要離開。」

「咦，你不是進來吃飯？」游秀雄問。

張至福這時突然說道：

「讓他去吧！」

「謝謝張伯父。」偉林看了下芬芬，接著說：「芬芬，我能跟妳談一下嗎？」

芬芬正在為難，游秀雄卻說：

「阿芬，他有事，妳去跟他談呀！」

芬芬只得跟偉林離開。

他們向外走時，偉林覺得她爸爸在瞪著他們。

一到餐館門口，芬芬立刻說：

「偉林，你不該叫我出來，你會把我們弄砸。」

偉林沒想到芬芬責怪他，立刻說：

「我想跟妳見面呀！妳怎麼不願意？」

芬芬說：「在這兒有什麼好談的？你使我難堪，兩家人都在。你，太糊塗了。」

偉林急了，衝口而說：「我根本沒想到會遇到妳呀！妳不是說今天不能出來，要在家做事？」

「唉！」芬芬有點氣急，搖搖頭說：「別管這件事，你剛才根本不該把我當著他們面拉出來，我現在必須回去了。」說完轉身要走。

偉林急忙拉住芬芬的手，說：「芬芬，妳今天為什麼要騙我？」

「偉林，我不是有意騙你！」芬芬提高了嗓門，並甩脫了偉林的手。

「芬芬，妳，妳是跟那姓游的遇見了，就不想理我了。」偉林又抓住芬芬手臂。

「偉林，你太使我失望了！」芬芬氣了，用力掙脫偉林手臂。

這時張至福在門口出現，厲聲對何偉林說：

「放開阿芬，讓她進去吃飯！」

偉林一驚，忙鬆了手說：

「張伯父……」

「不要叫！以後別抓住阿芬不放！」張至福面無表情，低聲對偉林命令道，然後與芬芬回去。

芬芬進入門裏，在門關上的刹那，她回過頭來。偉林看到她已不是剛才的焦急面容，恢復了平常的清秀嬌弱，可是眼中卻閃著淚光。

偉林實在沒有勇氣再去開門，雖然那是件輕而易舉的事，雖然芬芬就近在咫尺。

他獨自站立了好一會兒，才慢慢走向停車場。

十一、墜 落

偉林坐進車子，沒有發動，腦中一片紊亂。

他幾乎從未有過與人爭吵的經驗，特別是親人。

他感到一股莫名的失落，冷寂而可怕。可是一個更可怕的念頭，幾乎令他要打寒顫：

——是不是就此要失去芬芬了？

他心跳加快起來，而且在喘著氣。

他雙手緊握著面前的方向盤，全身肌肉都緊繃了起來。他要努力鎮靜下來，但是無法控制……

「芬芬！」

他終於大叫出口，眼淚簌簌而下。

慢慢地，他平靜了下來，拿鑰匙啟動引擎。他不想回家，也那兒都不想去，但是他覺得一定非要離開這個餐館停車場不可。

倒車時的振動，旁座一疊書滑落下來。他剎住車，把書撿拾起放好。他想，先給向紅送書去。

天已黑，他開亮了燈，天空竟然飄下了雨絲。

慢慢開到向紅家時，雨下大了起來。

他抱了那疊書下車，也不鎖門，心想不管向紅在不在，反正馬上會回車上來。

他冒雨跑上臺階，摸黑用手附頂了下電鈴。

燈亮了，門開了，向紅背著光站在門裏。

「咦，是你？」

偉林看不清她的臉，也無心寒暄，諾諾說道：

「我給妳送參考書來，抱歉，耽誤了幾天。」說完把一疊書要交給向紅。

向紅不理會參考書，卻說：

「哎呀，你都淋溼了，快進來擦擦。」

偉林進入門裏，小聲說：

「我對妳解釋一下參考書就走，別驚動屋主老夫婦。」

向紅笑了起來，放大聲音說：

「老夫婦？他們去雪梨探望兒子了，去了兩天了。」

她邊說邊向後面起居室走，偉林抱著書跟進去。

「你怎麼不先打電話來？」向紅笑著說：「你看我這樣子，我才洗完澡，多害臊？」

偉林這才發現向紅頭髮還是溼的，並且只穿了件無袖薄線衫和白運動短褲。

「抱歉，我找不到妳電話。」

「那你讓我去換件衣服，這樣多不禮貌。」

「哦，沒關係。」偉林說：「我告訴了妳書的事就走。」

向紅拉下了臉說：「我爐子上晚飯正煮一半呢，你難道要我關上火，空著肚子跟你談參考書？」接著說：「你先坐下等著。」

偉林只得在沙發上坐下。

向紅到廚房爐臺前，把麵放在鍋內。然後倒了杯可樂給偉林，把那疊參考書抱進她臥房。

她出來的時候，偉林聞到了香水味。

向紅一邊攪動麵，一邊說：

「偉林，你瘦了很多，這幾天又病了嗎？」

「沒有，那有那麼容易病？」偉林嘆了口氣，喝了口可樂。

向紅看了他一眼，笑了笑說：

「聽說畢茲禮教授的女兒，去法國了？」

「對。」

「聽說你也因此消沉了。瘦了？」

偉林忙說：

「那裏，沒有這回事。」

向紅端過來兩碗麵，放在桌上。

「偉林，這是你的。」

「給我煮的？」偉林站起身到餐桌旁說：「我，我要回去吃的呀！」

「給你煮都煮了，你又要回去，那我吃兩碗嗎？」

向紅看見偉林猶疑，收斂起了笑容，正色說：

「算我白費心了，你要回去，就請吧！改天再來談參考書好了。」

偉林看向紅生氣了，覺得自己老在頂撞她，便忙說：

「我只是不好意思，不忍心讓妳急急忙忙給我做了晚飯。」

向紅抬頭瞪大了眼睛，很快接道：

「那你卻忍心辜負我的好意，不吃就走？」

偉林語塞，他覺得向紅很對，自己是有點不知好壞。於是坐下來，勉強笑笑說：

「那只好謝謝妳了。」

向紅煮的是一碗白菜肉絲麵，偉林那碗裏，還有個荷包蛋。偉林吃了一口，覺得非常好吃，他想自己煩悶了一下午，又在餐館前跟芬芬吵了架，心裏頭有些酸楚，便低頭不顧一切，大口大口地吃起來。

向紅拿過來辣蘿蔔乾和滷牛肉，自己只吃了一點麵，便放下碗，在邊上陪著，看偉林一語不發地吃完。

「向紅，謝謝妳的麵，真好吃。」偉林邊擦嘴，邊朝向紅笑了笑。

可是向紅沒有笑，大眼睛注視著偉林說：

「偉林，你受了委曲？」

偉林完全沒有期望到這句話，這句讓他既心酸又安慰的話，抵得上千言萬語。

他低下頭，嘆口氣。他很衝動，想把所有事都一股腦說出來算了，但是他仍然只是嘆了口氣。

他抬起頭，正遇到向紅盯著他的一對大眼睛。

向紅沒有表情，停了下，溫柔地說：

「別回答我，我只是隨便問問。我去拿蘋果。」

偉林坐在長沙發上，向紅拿來兩個蘋果，坐在偉林身旁削起來。

她削了兩下，轉身面對面，看著偉林。

偉林突然看見了上次向紅的眼神，他馬上想躲開，可是這次兩人是坐在一起，身體太近，無法逃避。

向紅瞇上眼，露出了上次很媚的笑容：

「偉林，你知道嗎？你長得很俊。」

偉林心裏一亂，向紅又說：

「你知道嗎？上次你在院子裏偷看我，我一整天心都不安。」

「哦，抱，抱歉。我，我不是偷看。」他感覺向紅挪近他，她的身體很柔軟，有很濃的香水味。

「你知道嗎？那天夜裏，老做夢，弄得我連覺都沒睡好，好丟臉。」

偉林被這句話逗得一驚，想起了上次回家後自己也做的糊塗夢。

他心口上噗噗跳著，臉也發起燒來。身旁的向紅，沒有化妝的臉，白嫩潔淨，沒塗口紅的嘴，紅潤豐滿。

他心裏很亂，斜仰著身體躲避著說：

「向，向紅，我該走了。」

向紅媚眼笑了下，說：

「那你先告訴我參考書的事。」說完，她站起身進臥房去拿書。進入門內時，她回眸一笑，偉林腦海中突然閃出，下午芬芬隨她爸爸進入餐館的影子，但那似乎是久遠以前的事。

屋裏靜默了只有幾秒鐘，偉林卻感到一陣孤獨。

「偉林，你來呀，我問你。」

向紅的聲音，使他彷彿重拾起什麼，他站起身。

「你過來呀，我問你這本書。」

他進入臥房，她正站在書桌旁，手中拿著一本書。

他走過去，又聞到了那股熟悉的香味。

她手中不過是本英文小說，向紅卻伸手撫摸偉林的臉頰說：「你該刮鬍子了。」

偉林伸手去摸自己的臉，但是卻疊上了向紅的手。向紅很快握住偉林的手，並把兩隻手臂勾住偉林的脖子。

他只見向紅仰著頭，半閉著眼，半張開紅潤的嘴唇，他甚至聞到她呼出的氣息。

偉林沒有選擇地親上了它，她的舌尖卻早已渴望地迎接了出來。偉林感到一陣暈眩，閉上了眼。

向紅兩臂纏緊了他，整個身體貼在他身上。

偉林失去重心，站立不穩，兩人撲倒在床上。

他已然驚醒：

「向紅，不，不可以的。」

向紅伸手，解開了他的皮帶：

「你瞧，你還不是想？」

偉林全然無法抵抗引誘，他第一次感到女人使他如此衝動。

向紅扭動腰枝，很快褪下了衣服，細白滑膩的身軀，在他身旁蠕動著。

她握住他的手，牽引著他。

由於懼怕，他緊閉起雙眼。他寧可在盲目中摸索，不管是在那乾涸的游泳池底，還是在那風雨中的纜車上。

他只有用力摟緊芬芬，才能抵抗住風雨。

他感覺到芬芬在扭動，強烈地顫抖著。

於是他死命摟緊，絕不能讓芬芬溜走。

他要付出全力，把一切都獻給芬芬。

「芬芬……

芬芬呀……」

……

慢慢地，偉林的心跳慢了下來，情緒冷靜了下來。

他感覺全身溼黏，睜開眼，看到向紅仍閉著眼，輕微地喘著氣，額上都是汗珠，幾撮頭髮黏在一起。

他慢慢放鬆向紅，但仍驚動了她。

她半睜開眼看了他一下，又閉上，側過頭去。

他想，這算是愛情嗎？這麼簡單？

跟凱茜認識這麼多年了，跟芬芬也有了這麼深厚的感情，可是，現在，就這麼簡單嗎？

偉林找到自己的衣服，一件件穿上。

他看到向紅仍是赤裸地躺著，便拉了毯子，給她蓋上。

向紅睜開眼看著天花板，臉上沒有任何反應。

他正在想是不是女人都這樣冷熱無常，向紅卻開口了：

「芬芬是誰？」

偉林一愣，她知道芬芬？

「我問你，芬芬是誰？」

偉林想起剛才還大叫芬芬。一陣羞赧，他不敢回答。

向紅換了口氣，柔聲說：

「偉林，過來吻我一下。」

偉林過去，彎下身在她臉上親了一下。她的背脊，汗已乾了，恢復了滑膩。

向紅坐起身，赤裸裸地抱住偉林，輕聲說：

「什麼時候再來？」

「我不能隨便來妳這兒，房東老夫婦看出來怎麼辦？」他一本正經地接著說：「最好是到圖書館去談參考書。」

向紅噗哧一下笑了出來：

「我是問你什麼時候，能再跟我來一次呀！」

偉林臉一紅，不由自主也笑了起來。

「你真是個好孩子！」向紅擰了偉林一把。

空氣輕鬆了下來，向紅柔聲問：

「偉林，告訴我，芬芬是誰？」

偉林只好笑笑說：

「一個女孩子。」

「怎麼認識的？」

「同學會上。」

「同學會？怎麼沒聽過這個組織？」但是她立刻醒悟，說：「臺灣的同學會，對不對？」

偉林沒回答，站起身來。

「你以為我找不到芬芬？」

向紅從床上找到內褲，一邊穿一邊說：

「你有凱茜，又有芬芬，現在還有了我。」

偉林聽了這句話，心裏很不是滋味，說：

「向紅，求求妳，別談她們好嗎？」

「你也跟她們不談我嗎？」

偉林急了，說：

「她們跟妳不一樣！」

「什麼意思？」向紅瞪大了眼睛，叫道：「什麼不一樣？」

「不是，我是說，我跟她們和跟妳不一樣。」偉林急著解釋。

「當然，我看得出來，你沒跟她們上過床。」

偉林皺起眉，看了向紅一眼，他奇怪她說話這麼露骨。

「偉林，你將來打算怎麼樣，為什麼不離開學校多賺點錢？」

偉林沒有回答，撿起地上的英文小說，放在桌上。

「偉林，你要找工作嗎？還是念研究所？」

「去美國！」偉林有些生氣。

「亂說，你現在會騙人了。」

「誰騙妳，美國大學都給我獎學金了。」

向紅聽了一愣，說：

「真的？畢茲禮為什麼沒提起過？」

「他為什麼要對妳說？」

向紅急了，追問：

「你什麼時候走？」

「再過兩個月。」

向紅愣著站在那兒，只穿著一條內褲。

「那我呢？」她自言自語。

「妳？妳讀妳的書呀！」

「以後也沒錢，也沒簽證？」

「那……」偉林不知怎麼說，從地上撿起向紅的線衫，拋給她。

向紅猛然把線衫，狠狠向偉林扔回，大聲吼叫：

「我這都是為的什麼！」

偉林很吃驚，忙說：

「向紅，妳幹嘛？」

「你不許走！我要你對我負責！」向紅瞪著眼睛大叫。

「這從何說起？」偉林也提高了聲調。

「我受騙了！」

「誰騙妳？」

「你騙我，你這臺灣騙子！」

向紅隨手拿起桌上小說，扔向偉林，偉林急忙閃開。

「向紅，別生氣，有話好說，慢慢談……」

向紅披散著頭髮，紅著臉叫道：

「慢慢談？你霸佔了我的身體，現在要慢慢談？和談嗎？」

她已性起，抓了桌上香水瓶扔出，噹地一聲砸在門上。

「向紅，妳瘋了！」

「要我跟你談？」向紅邊說邊去拿桌上剪刀，偉林心頭一驚，跳上前抱住向紅，抓緊她的手，阻止她扔出剪刀。

向紅奮力掙扎，但是掙脫不了，手腕被偉林緊緊扣住。

她努力踢、扭，赤裸的身體，刮傷了好幾處。

她咬牙切齒叫道：

「我……對付不了你？」

突然，向紅張口咬住了偉林手臂。

偉林一痛，奮起全力，把向紅甩到床上。

向紅仰面倒在床上，手中仍高舉著剪刀。

偉林怕她自殺，跑上前想奪下剪刀。不料向紅翻身跳起，站在床上，向偉林撲來。

偉林急忙倒退，衝出臥房，奔向走廊。

向紅跳下床，追出來：

「給我回來，臺灣騙子！」

偉林打開大門，向紅由走廊奔過來，偉林叫道：

「向紅，妳沒穿衣服！」

這句話阻止了她，偉林乘勢出來，反手帶上大門。

砰！他聽見剪刀扔在門上。

車門沒鎖，偉林跳上車，發動引擎開走。

他的心口猛烈跳著，兩手酸軟發麻。剛才他抱住向紅爭鬥，用力過猛，同時他內心非常害怕，非常緊張。

他強力定下神，車子開得很慢。

終於到家了，他幾乎沒有勇氣進去。進門前，他攏好頭髮，深深呼吸幾口。

父母都睡了，玉林在看電視。他靜靜到後面自己臥室，拿了衣服，進入浴室。

他把蓮蓬頭的冷水開到最大，站在下面，徹頭徹尾地沐浴著。他塗抹了許多肥皂，仔細地沖洗身體各處。

涼水使他冷靜下來。

他想到剛才與向紅的爭鬥，實在太可怕，為什麼她在與他纏綿了一陣子後，會有這麼大的脾氣，像瘋子一般，難道是她真感到受騙失身？

可是偉林知道他完全沒騙過她，而且，都是她在誘導偉林。她罵他是騙子，那該不是真話。

從小受單純教育，單純家庭背景，與凱茜和芬芬的單純友誼，偉林完全無法理解這件事。

他仰頭又仔細用肥皂沖洗一遍，然後閉著眼，讓涼水由頭到腳，灑滿全身，心中卻有股掉進火坑的感覺。

他突然想，向紅的這種火爆脾氣，會不會發生意外，會不會尋短見？

這念頭讓他害怕，他匆匆擦洗完畢，穿好睡衣，找出向紅電話，走到起居室掛了電話過去，卻遇到對方佔線。

向紅在打電話！

她能打電話，偉林放了心。可是隔了會兒，他又不安起來，腦海中浮現電影中的鏡頭，電話筒倒垂在床邊。

於是他又撥了電話，還是佔線。

為什麼向紅電話打了這麼久？

她現在有心思跟人聊天？

「哥，打給誰？芬芬嗎？」玉林坐在電視機前問。

「不是，同學。」

他不想跟妹妹談話，便走進臥房。

電話打不通，他心中忐忑不安，向紅要是真出了事怎麼辦？他在道德上是永不會安心的了。

他仍然理不清向紅是怎麼回事，其實他跟她並沒見過幾次，怎麼自己一下子就墜進去了呢？

他很後悔今天晚上去給向紅送參考書，碰上房東老夫婦不在，自己又沒吃晚飯，但是這些原本都很稀鬆平常。

也許，如果下午沒跟芬芬吵過，甚至沒見到芬芬就好了。

偉林覺得芬芬是對的，他不該拉芬芬出餐館，他自己多幼稚，而現在，他卻完全對不起芬芬。

偉林想，他是永遠無法彌補芬芬了。

他想該打個電話給芬芬才對，那怕只聊兩句。

他又到起居室電話旁，玉林已回房去睡了。

他撥了芬芬電話，也是在佔線。

等了下，又撥，還是不通。

向紅和芬芬的電話都接不通，讓他心中焦急起來。他儘量等了等，這次撥給向紅，鈴聲響了：

「哈囉！」向紅平靜的聲音。

偉林沒回答，立即掛上電話。

他想，至少向紅沒事。

他想再試試芬芬，可是看看鐘已過了午夜，如果吵醒她父母，就更糟了。於是他回到房內，躺上床。

他的思緒很亂，不知以後要怎麼面對芬芬，甚至還能不能見到芬芬？

家人會知道這件事嗎？

畢茲禮教授會知道嗎？

以後還會遇到向紅，怎麼辦？

他回想自己從小到大的種種，小時候跟玉林打打鬧鬧，後來跟同學天天騎車上學，初中當童軍糾察隊，週末排隊看「星際大戰」，後來全家來澳洲，克服了語言障礙，成了全校最高分，考上大學，讀書、交友、運動，受到老師器重，畢業後認識芬芬，還有畢茲禮教授父女……

可是現在？

偉林身心極度疲憊地睡去。

第二天上午他醒得很晚，被起居室中家人的聲音吵醒。

矇矓中，他知道家人在打電話，聲音很大，但不知說些什麼，他也無心去傾聽。

睡不著，他只好起床。

家中又平靜了下來，他開了臥房門要去盥洗室。

他發現父親、母親、玉林全都坐在起居室中，沒說話。

他正感到奇怪，玉林站起身走過來：

「哥……」她眼圈一紅，流下了淚，然後趴在偉林肩頭。

「什麼事，玉林？」他扶正玉林，玉林卻說：

「你去問爸。」

「偉林，你坐下來。」何志海拍拍身旁的沙發。

偉林感到事態嚴重，趕忙坐下。

「偉林，這件事必須對你說。」何志海穩重低沉地說：「芬芬出事了。」

偉林一陣驚愕：

「真的？爸爸，她怎麼了？」

「她今早去海邊露營，從岩石上掉了下去……」

偉林感到一陣血氣上湧，搶著說：

「真的？爸，真的嗎？不可能！她沒去露營，她昨天電話裏跟我說過，她不去，一定弄錯了，是別人！」

玉林插過嘴來說：

「芬芬同學早上打電話來說的，她昨天晚上接到一個大陸女人打來的電話，使她心情壞極了，改變了主意，今天大清早趕去露營。」

何志海說：

「同學說芬芬心情很鬱悶，大家在海邊岩岸上照相，她一人站在邊緣吹海風，突然發現她掉了下去，後來靠直升機把她送往醫院。她同學以為是跟你吵了架，早上打電話來……」

偉林突然從驚愕中跳起身，去撥電話：

「我打給芬芬家裏，我要去醫院。」

何志海跑過來，搶下電話，雙手緊緊抓住偉林手臂：

「不要打了，芬芬已經去世了！」

偉林猛然感到強烈耳鳴，一陣暈眩，身體軟了下去……

十二、尾　聲

偉林闔上日記，抹去眼角淚水。

他把安全帶放鬆，使自己舒服點，因為機艙裏的空氣，壓得他有點喘不過氣。

燈光很暗，大家都睡了，他也關上了閱讀燈。

把日記放回手提袋時，一片乾枯的暗紅色楓葉掉出來，他小心地從地毯上拾起，楓葉上已出現了一條裂痕，他把它夾進日記，放回手提袋。

——可惜一直就沒帶芬芬去過楓葉谷。

——芬芬說得對，我太脆弱了。

他想起了畢茲禮教授的話：

「歷經災難，會使人成長。」

偉林拿出紙筆，重開了閱讀燈，放下前椅背小桌板。

他想在到達舊金山前，寫幾封信。給畢茲禮教授，給保羅和馬修，給自己的父母和玉林，還有，也給芬芬父母寫封信。

——當然，也該回封信給凱茜。

側目窗外，平坦直伸的大機翼，在黑夜中，被翼尖的紅燈，閃得一亮一亮的。

偉林想，能上去奔跑一番，該多好？

我們一共兩百八十歲

從威靈頓跨海南飛到基督城，雖只需一個小時，但是在空中小姐收去點心盤後，莫啟春還是放倒了椅背，扣上夾克，閉目養神。風霜的臉上，顯露出一片安詳。

午後吃過東西就想假寐的習慣，怕不有五十年了，竟至到了國外，也不改變。

他聽見隔座的胖洋女人，跟妻子聊起來。

「住在南島嗎？」那女人問。

「不是，去旅遊，妳呢？」莫太太放下報紙及眼鏡。

「我住在那兒，妳們住北島？」

「也不是，我們從外國來紐西蘭看女兒，她們一家住威靈頓。」莫太太圓潤不顯蒼老的臉上，露出笑容說：「女兒和女婿請我們加入旅遊團，去南島旅遊。」

「多麼好的女兒女婿！」

那女人接著告訴莫太太，她是英國人，先生退休前做汽車零件生意，三年前結束了事業，搬來紐西蘭南島，準備住幾年，也許永久。

「妳知道，英國雖然很美，但是我卻喜歡紐西蘭，那種森林草原，那種冰山湖泊呀，而且，妳知道，紐西蘭是真正和平的地方，寧靜祥和，是個香格里拉！我住在……妳知道殷弗卡格爾嗎？」

「對不起，沒聽過。」

「殷弗卡格爾是南島最南端的港口，海對面就是南極了。妳知道，殷弗卡格爾呀，真的是……」

她的聲調宛如催眠曲一般，莫啟春漸漸入了夢。

夢中，他與妻子彷彿是在一處仙境，有一大片樹林，有個魚池塘，邊上有幾棵柳樹。恍惚間，他們變成是在威靈頓的女兒女婿家後院，又似乎是在臺北，他們內湖住家附近大湖邊的橋上……

直到空中小姐叫醒他豎直椅背，飛機要下降了。

多年打太極拳，使得雖不高大的莫啟春，卻腰桿挺直；早覺會活動，也使矮小的莫太太，精神健朗。他們穿上外套，提了手提袋下機，出了航站，一名胸前繡著金色旅行社標誌的青年，接過莫啟春有同樣標誌的手提袋，說：

「歡迎到紐西蘭南島，參加諾曼旅行團，請在邊上稍候，我把大家行李送上車，就來接各位到旅館。」

椅子上已有同團旅遊的人在等候，莫啟春夫婦向他們微笑點了點頭。坐定後，莫太太側過頭來小聲說：

「知道對面那對老夫婦嗎？在飛機上就坐我們前面不遠。」

那老先生雙眼炯炯有神，鼻樑高聳，頭頂禿亮，卻兩鬢銀白。旁座的老婦人個頭高大，卻有著溫和的笑容。她戴了副花邊眼鏡，也有著一頭銀白亮髮，跟老先生很是相配。

老先生一直握著她的手，不時輕柔撫摸著她的手背，就像撫弄膝上的小貓。

「妳聽到他們談話嗎？不知是那國人？」莫啟春說。

上了車，老夫婦跟莫啟春夫婦同排。老先生看看窗外後，用一口濃重的東歐腔英語搭訕：

「天氣真好，是嗎？」

「對，天空真乾淨，地上也乾淨。」莫啟春接著問他：

「住紐西蘭嗎？」

「哦，我們是從雪梨來的，我是克羅埃西亞人，以前的南斯拉夫。不過我在澳洲住了三十四年了，很長呀！」

他立刻介紹了老婦人：「這是海倫娜，我叫雷伊。」

莫啟春立即打了招呼，並介紹自己及太太，雷伊卻說：

「海倫娜不會英語，我們結婚才五個月。」

「啊，恭喜！」莫啟春夫婦忙說。

雷伊挪過身來，興奮地說出他的故事：

「三十八年前，我和前妻就認識了海倫娜和她先生。我們都是克羅埃西亞人，很要好，常常打牌喝酒。可是你知道，南斯拉夫在共黨治理時的生活。三十四年前我以難民身分來澳洲，天哪，這兒可以隨你做什麼，沒有人管。我寫信告訴海倫娜和她先生，我找到了天堂，生活很安全，快點出來。可是因為某種原因，他們一直出不來。前幾年我太太去世，當時海倫娜也早已守寡多年。」

雷伊原先緊皺的雙眉，這時突然放鬆，兩眼閃出一道亮光說：

「前年克羅埃西亞終於脫離南斯拉夫獨立，我們不必再受塞爾維亞人的氣了。我回到別離三十多年的家園，海倫娜來歡迎我，她高興極了。」

雷伊深情地緊握住海倫娜的手，又說：

「五個月前海倫娜隨我來到澳洲，我們在雪梨教堂結的婚。」

「很動人的故事，衷心祝福你們。」莫啟春誠懇地說。

「謝謝。」

「海倫娜一定很喜歡澳洲了？」莫太太關切地問。

不料雷伊猶疑了下說：

「她的確很喜歡，但是她更想念家鄉。她只會說南斯拉夫話和克羅埃西亞語，以她的年紀來說，要想學英語是很困難的，因此海倫娜在澳洲沒有朋友，她親人都在克羅埃西亞，前天她女兒還寄來了照片。海倫娜唯一的兒子，兩年前在山上滑雪時，被雪崩給埋了……」

「啊！」

「海倫娜趕上山去，可是屍體在四天後才挖出來。」

他們談話時，海倫娜一直在旁靜靜坐著，她似乎只聽得懂雷伊的少許英語，又似乎只是有禮貌地頷首微笑。這時她從皮包中，取出皮夾，抽出一張照片遞給他們。

照片上母子一家人穿了厚外套站在雪地裏，兒子修長高大，身旁是媳婦，一個小女孩依偎在祖母海倫娜身邊。

莫啟春一時不知該說些什麼，便換了個話題問雷伊：

「能請問你以前做什麼嗎？」

「年輕時，我是個自由作家，但是卻從來沒有自由寫作過。剛來澳洲時，我什麼都幹過，包括壓路工人，還出過意外。不過退休前，我在中學教歷史，歐洲歷史。」

雷伊說著，又重拾起海倫娜的手，撫摸著：

「感謝澳洲的社會福利，我現在靠退休金生活著。」

雷伊接著問：「你們呢？是日本人嗎？是商人嗎？」

「都不是。」莫啟春說：「我住在臺灣，退休前在大學教哲學，太太在中學教英文。」

「你退休了？」雷伊有些驚奇。

「好幾年了。」莫啟春笑笑：「我已七十二了。」

莫太太圓潤的臉上也露出笑容說：

「我也七十歲了。」

雷伊興奮地告訴了海倫娜，然後回頭對莫啟春夫婦說：

「你知道嗎？你們看來實在沒那麼大年紀。中國人真讓人猜不透！」

雷伊又說：

「我今年已經七十了，海倫娜六十八。」

前座的一對年輕夫婦，聽見後座的談笑，回頭來看，並向他們笑笑。雷伊指著莫啟春夫婦，對他們說：

「你們知道嗎？我們兩對一共兩百八十歲，哈哈！」

莫啟春夫婦也笑了起來，他很欣賞雷伊的直爽性格。

這時車子到了旅館。

下車時，莫啟春注意到雷伊的腿有點瘸。

晚上在旅館房間，莫啟春掛了電話到威靈頓。

對方是女兒的聲音：

「爸媽，晚飯後我們就在等你們的電話了，一切都順利嗎？」

「很好，飛行很穩，天氣也好，旅館很舒適。」

談了幾句後，念高中的外孫女萍萍，在那頭接過電話說：

「外公，我覺得你們離開好久了，到底考慮得怎麼樣了？決定在紐西蘭跟我們久住了嗎？」

「哈哈，」莫啟春笑了說：「那有那麼容易呀，別逼外公，我要先玩玩呢！」

「今天上午從機場回家時，爸媽還談過，要是外公外婆能搬來住多好。」萍萍說。

「說的是呀！三年前要不是妳爸媽移居紐西蘭，把外公外婆丟在臺灣，現在我們不是能天天見面嗎？哈哈……」

「可是外公又不肯離開臺灣。」

「給外公點時間做決定呀！」莫啟春笑笑說。

接著莫太太也跟女兒女婿和萍萍聊了幾句。

放下電話後，莫太太說：

「這次萍萍跟我們這麼親，以前住在一起時，倒不覺得。」

「也許是她現在大了，十幾歲的女孩子感情總是豐富些。」

「啟春，」莫太太問：「我們搬不搬來紐西蘭呢？」

莫啟春停了半晌才說：

「妳看呢？」

莫太太沒有回答。

她捻滅了床頭燈，莫啟春以為她累了，要睡了，不料她卻在黑暗中說：

「如果要搬來紐西蘭，那我們不是也該考慮西雅圖？還有，瀋陽那邊也希望我們去呀！」

「我的顧慮跟妳一樣……」

莫啟春沒有說下去。

二女兒只移居紐西蘭三年，可是兒子早在二十年前就去美國念書了，娶了個不會說中文的華僑小姐，現在全家住西雅圖。他們也曾希望二老搬去住，只是他們那種純美國式的生活，莫啟春夫婦無法適應，何況父子還曾為管教子女的問題，發生過爭執。

然而多年來最使二老惦念於心的，還是他們的大女兒，當年因為放在爺爺奶奶家養，竟至留在瀋陽，沒有帶到臺灣來。雖然他們也回瀋陽會了面，但是迎接二老的，已不是當年那個梳著小辮子的女兒，而是滿臉風霜的中年婦女，倒像是莫太太的妹妹，看在二老眼裏，那份心痛比沒見面還厲害。

「都四十多年了，就只跟父母住過兩年，還是那不懂事的兩年。」莫啟春嘆了口氣：

「我總覺得有這份虧欠。」

「你說的對，啟春，誰知道還能有多少時間相聚？」

沉默了一會兒之後，莫啟春說：

「妳能適應大陸的生活嗎？」

莫太太沒有正面回答，停了下說：

「前年跟她相聚的時日，的確太短了點。雖說是自己的女兒，可是兩個星期的聚會，要去瞭解四十多年的分離，畢竟是不夠的。她也一樣，對不對？」

莫啟春沒有回答，莫太太接著又問：

「啟春，你對去大陸住，能習慣嗎？」

又是一段沉默後，莫啟春嘆了口氣說：

「如果，我們不去瀋陽，是不是自私了點？」

莫啟春停了下又說：「也許我們每隔一兩年去瀋陽看看她，比搬去住好？」

莫太太沒有回答，只是說：

「睡吧，不早了，明天還要早起收拾上路呢！」

在一頓豐盛的早餐之後，旅行團的大巴士開出了基督城，穿越過寬廣的坎特伯里平原，進入山區。

大家開始互相熟識起來，三十幾名團員之中，就屬莫啟春及雷伊兩夫婦年紀最大，因而彼此也最談得來。

中午在一個美麗的湖邊野餐之後，下午換乘小飛機，進入冰河山區盤旋。

頭頂是藍天白雲，四周是覆了雪的山巒，底下卻是綿延的大冰河。

「啟春，你以前在東北見過這種景致嗎？」莫太太問。

飛機的引擎聲很大，莫啟春提高了嗓門：

「不一樣，東北下的雪也很厚，河流上都結冰，但是沒見過這種夏天都不會化的冰河。」

莫啟春又說：「事實上這不是河，是山谷的千年積雪，這兒不能住人，而東北可到處都有人住，入了冬，快過年了，反而更熱鬧。沒有雪，就沒意思了，那像這兒，荒山峻嶺，看起來壯觀，但是只能看，不能住。」

「我倒覺得這些雪山，有點像華盛頓州，記得上次去西雅圖嗎？」

「嗯。」

「真有趣，」莫太太笑了起來說：「不管在哪兒，兒子女兒都愛叫我們去逛冰山。」

白天的行程很緊湊，傍晚在旅館梳洗一番後，晚餐桌上大家的興致很高。

雷伊喝了口酒後，問莫啟春：

「告訴我，臺灣是什麼樣子？有紐西蘭這麼大嗎？下雪嗎？」

「差遠了，臺灣很小，不過山很高，冬天山上下雪。夏天山上很漂亮，很綠，很多人喜歡上山看雲海，看日出。」

「啊，那一定很美。」雷伊用餐巾抿了下嘴又問：

「臺灣和中國大陸我都沒去過，只到過香港。告訴我，莫先生，如果要你選擇，你會去那兒住？」

莫啟春一時難於回答，雷伊又說：

「也許中國和臺灣有政治問題，我們談點別的吧！」

莫啟春立刻說：「沒關係，住那裏都沒關係，政治上倒沒什麼問題。大陸雖然是我生長的地方，但是我一生大部份是住在臺灣。」

「那你認為紐西蘭和美國呢？你不是都有子女在當地？」

「美國和紐西蘭都不錯，可是，」莫啟春呷了口茶說：「我想，人到了七十多歲，要改變環境，是不容易的，這就像海倫娜學英語一樣，不是嗎？」

「的確是，不只年紀大的人，年輕人有時也一樣。我的兩個孩子，一兒一女都是在澳洲出生的，也都有了自己的子女。他們雖也能說些簡單的克羅埃西亞話，但是如果要他們回自己祖國去住，是不可能的。」

雷伊添加了咖啡，又說：

「我想，從歷史上看，人類的遷徙本來就是這麼回事。你到底原先是那裏來的人，那根源除了流在你的血液中，或在你的腦海中有記憶之外，是很容易磨滅的。因此人類因為遷徙而發生了衝突，從歷史上看，是很愚蠢的。」

雷伊說完，喝了口咖啡，他望著黑暗的窗外，雙眼瞇成了一線，不再那樣炯炯發光。

莫太太打破沉寂問：「海倫娜的女兒，對母親遠到澳洲去的看法如何呢？」

「她當然捨不得，雖然她認為澳洲是個天堂。」

海倫娜這時對莫啟春夫婦笑了笑，跟雷伊說了幾句家鄉話。雷伊說：

「海倫娜說，她白天在湖邊散步時，腳下踩著的樹葉，發出了清脆的碎裂聲，使她想起故鄉山腳下的樹葉。莫先生，今天湖邊的落葉，有些被湖水浸淫，已變黑腐爛，溶入了泥土。你瞧，樹葉在生命結束後，能回到泥土中去滋潤大樹，並沒有浪費掉。」

莫啟春看了妻子一眼，對雷伊說：「中國人有句話，叫落葉歸根。」

雷伊說給了海倫娜聽，她似乎很為這句話感動。

雖然別的桌上有說有笑，談得正在興頭上，可是莫啟春及雷伊兩對夫婦，卻彼此沉默了好一陣子。

莫啟春飲盡杯中半涼的茶後，提醒雷伊時候已是不早，然後他們兩對起身，向大家打了招呼，便離開座位。

回到房間走廊上時，雷伊突然說：

「莫先生，你知道嗎?我們雖然才只認識兩天，但是我卻覺得你已是我的老友。」

莫啟春沒想到他會這樣說，一時倒難接話，便說：

「哦，是，我也一樣呀！」

雷伊用粗厚的手掌，在莫啟春肩上著實拍了一下，然後笑了出來：

「我們一共兩百八十歲。」

「哈哈……」莫啟春夫婦也笑了出來。

雷伊立刻用家鄉話向海倫娜說明，隨後兩人邊笑著，邊走進了自己房門。

隔了半晌，莫啟春才望望妻，兩人又笑了起來。

以後兩天，他們遊覽了一處波平如鏡的峽灣，兩邊有著矗立高聳的山峰，半山間雲霧瀰漫，還有一條垂瀉如銀的瀑布。

這個景色，使莫啟春夫婦回憶起去年到瀋陽探望大女兒後，去遊覽的長江三峽。不同的是，長江沿岸，有許多農家市鎮，而這兒只有在遊艇返航歸來，才看見了碼頭及旅館，有了人影。

他們也參觀了一個古老小鎮，當年以挖金繁榮，現在卻以觀光聞名。鎮上有個博物館，規模不大但很精緻，其中一個角落展出的是華工挖金礦的歷史。這些華人當時在惡劣的環境中掙扎求生，還受到歧視，但是後世子孫卻有不少在社會上出人頭地，受到尊重。

紐西蘭的山山水水，在其他遊客眼中，是如此地吸引人，可是莫啟春由於腦海中縈繞著，不知如何選擇遷居國外的問題，以致遊山玩水對他來說，似乎真的是在走馬看花了。

星期天的晚上，又是約定好跟女兒通電話的時間。在莫啟春盥洗時，莫太太與威靈頓通了電話。

莫啟春從浴室開門出來時，正遇到莫太太嘆了口氣，掛上話筒。

「怎麼樣，她們都好嗎？」莫啟春問。

不料莫太太卻說：「老魏去世了。」

「老魏？休士頓的老魏？」莫啟春忙問：「怎麼回事？」

「剛才我打電話到威靈頓，她們說前天半夜，老魏的兒子從休士頓打來了電話。她們本來想等我們回來才告訴我們，怕我們一路上難過，可是又顧及人家打來了電話，我們當然該有個表示，所以還是告訴了我。我叫他們明天一早，先拍個弔唁電報去……」

莫啟春打斷了話問道：「快告訴我，老魏怎麼死的？」

「老魏……」莫太太眼圈紅了起來：「孤零零地在家裏死的，是心臟病。」

「真的？」莫啟春愣住，隨後扶住椅背，慢慢坐下：

「當時沒人在身邊？」

「鄰居發現時，已經過了兩天了，這才通知他兒子，坐飛機趕到老魏家。」

莫啟春腦海中出現前年到西雅圖探望兒子後，前往休士頓與老魏會晤的情景，那時魏太太剛去世，老魏很傷心。

「咱們跟老魏的交情，有五十年了吧？」莫太太問。

莫啟春愣著沒有回答，莫太太又問：

「啟春，咱們跟老魏認識多久了？」

莫啟春喃喃說：

「不止五十年了，他是我大學同學哪！」

他接著又說：

「老魏這把年紀，又單獨住著，實在很寂寞。我一直勸他搬去跟兒子住，可是他不肯，他怕打攪他們。其實我猜，他是捨不得離開老伴住過的房子。」

「咱們，」莫太太說：「不也是不願打攪子女？」

莫啟春沒有回答，隔了一會兒問道：

「萍萍他們怎麼樣？」

「萍萍露營去了，咱們回到威靈頓時，她會正好露營回來。」

「女兒女婿都好嗎？」莫啟春又問。

「當然都好啦！」

上床入睡時，莫啟春突然說：

「回到威靈頓，該掛電話到瀋陽和西雅圖去。」

「我也正這麼想。」莫太太說。

旅遊的最後一站，他們來到山中一個大湖邊落腳。

湖水碧綠清澈，四面環山，山頂覆蓋白雪，沿岸有很高大的排松。傍晚山巒映照成紫紅色。湖邊遍佈設計新穎的旅館及商店，各類遊樂活動，都以這裏為出發地。

當天團裏沒有安排節目，是自由活動。雷伊夫婦邀約了莫啟春夫婦，選擇了一種平穩航行的遊湖節目。

「以我們的年紀，懸跳、騎馬、登崖、跳傘、快艇，都無緣了，我認為坐船遊湖最好，不是嗎？」雷伊邊說，邊扶著海侖娜，愉快地與莫啟春夫婦登上船。

這是一艘有八十年歷史的老蒸汽遊輪，有著高聳冒煙的煙囪。它與「鐵達尼」號同一年下水，卻一直到現在還在航行。

船上的裝飾古樸，自助式菜餚及葡萄酒很精美。飯後大家在甲板上飲用咖啡，享受陽光。

樂隊演奏的是五〇年代的格蘭米勒舞曲，有些老夫婦隨樂起舞，浸淫在往日時光中。

傍晚，他們坐纜車上了山頂餐廳，邊俯視山下夜景，邊進晚餐。雷伊興奮地說：

「海倫娜和我永遠忘不了這趟旅行。」

「我們也一樣。」莫啟春說。

雷伊看了看莫啟春後，問道：

「你今天好像看來不太有精神，你身體還好嗎？」

「哦，很好，只是我昨天接了個電話……」莫啟春停下來，改了口說：「昨晚與女兒電話談太久了，今天有些累而已。」

莫啟春說完，與雷伊敬了下酒。

雷伊放下酒杯，鄭重地說：

「莫先生，我要告訴你們一件事，我和海倫娜這兩天下了個大決定。」

「哦？是什麼？」莫啟春夫婦同時問。

雷伊雙眼炯炯有光地說：

「我們決定搬回克羅埃西亞住。」

莫啟春夫婦很驚奇，莫太太問：

「為什麼呢？海倫娜不是剛來到澳洲不到半年？」

「是的，她本來已決心跟我在澳洲度餘生了。」

這時雷伊與海倫娜互望一眼，海倫娜把手伸出桌面，握住了雷伊的手。雷伊接著說：

「然而我知道她很想念家鄉。她嫁給了我，離開家，離開親友，來到語言不通的澳洲，她的犧牲太大了。而我如果回到了克羅埃西亞，還能再交友，也能與人交談，因此對我來說，沒有太大的不同。」

雷伊呷口酒繼續說：

「而且，三十四年前我來到澳洲所追尋的目標、動機已消失了，南斯拉夫已不存在。不錯，澳洲是個好地方，就像紐西蘭，而我已經享受了三十四年。戰亂後的克羅埃西亞是怎麼回事，我當然很清楚。可是如果海倫娜在澳洲不愉快，這兒對我就不是天堂了。」

雷伊拍了下莫啟春的手背，說：

「莫先生，天堂究竟在那兒？我想除了人死後才知道外，天堂只不過存在於我們心中。世界上那兒有絕對的香格里拉？不是嗎？」

莫啟春心有所感地說：「你的看法很對，中國人把香格里拉叫世外桃源，那是個不存在的地方。而且以我們的年紀所追求的，當然不是表面的香格里拉，而是內心的。你說的對，天堂只存在每人各自的心中。」

莫啟春說完，兩人互敬了酒。莫太太問道：

「你跟在澳洲的兒女談了嗎？」

「啊，我會的，我想他們也會同意我的。」雷伊又說：「他們的觀念是不一樣的，他們是澳洲人了，但是，他們會尊重我。而且，我已經給了兒女新天地了，不是嗎？」

這時海倫娜對雷伊說了兩句話，雷伊說：

「海倫娜對我的決定很感動，我想，我們回克羅埃西亞去是對的。」

「你們的生活沒有問題嗎？」莫啟春關心地問。

「沒有問題，退休金會按時寄到銀行，轉到克羅埃西亞的，那兒的生活消費比澳洲低。此外，我可能重拾寫作。」

「你可以首先寫出自己的故事。」莫太太臉上露出笑容說。

「真是好主意。」雷伊邊說邊為莫啟春斟了酒。

雷伊和海倫娜說出了心中事，顯得非常愉快，莫啟春看在眼裏，也就不再多問了。

接著他們愉快地回憶一週來的各地風光，談得非常暢快。

晚飯後下了山，雷伊因為腿不便，與海倫娜坐車回旅館。莫啟春夫婦則在月光下，慢慢散步回去。

微風吹來頗有寒意，莫啟春攏了下吹散的頭髮，拉緊了圍巾，也為太太把外套帽子罩在頭上。

走了段路，莫啟春說：

「雷伊和海倫娜都是堅強的人。」

「嗯，」莫太太說：「你一生也很堅定的呀！」

莫啟春沒答腔，停下了腳步，望著太太說：

「我們必須決定未來了。」

莫太太也停下來，抬起頭問：「依你呢？」

莫啟春微皺起眉說：

「你瞧，雷伊離開了兒女，遷回祖國去，我們卻想追尋兒女遷出臺灣！」

莫啟春接著說：「他說得對，孩子有了新天地，不必去牽掛他們。所以，妳想……」

莫啟春突然握住太太的手說：

「我們到了老年，還有必要遷居異鄉，適應一個陌生環境嗎？」

莫太太立刻接道：「我也這樣想過，可是，啟春，不是也有很多人跟著兒女搬出國去？何況，我們還有三個地方選擇。」

莫啟春低頭望著太太，說：

「昨天聽到了老魏的噩耗，心裏固然難過，可是也有很多感觸。那就是，終老異鄉是多可悲的事呀！今天雷伊告訴了我們他的果斷決定，這彷彿是在冥冥中，有股無形的力量在推動著我，要我做出決定……決定那兒也不搬！」

莫啟春凝望著遠處山巒黑影說：

「瀋陽、威靈頓、西雅圖，不管搬去那兒住，都會有遺憾，而且都離另外兩地太遠。

其實，若說到距離，臺灣才是這三個地方的中心，不管你是往北去瀋陽，往南來威靈頓，還是往東到西雅圖。」

「這倒是真的。」

莫啟春這時緊握住太太的手，說：

「如果妳同意，咱們就決定不搬離臺灣吧！」

「啟春，」莫太太停了半晌，說：

「也只好這樣了。」

他們沒有再說話，重拾起步伐，在月光下輕快地往回走。

直到走回旅館，莫啟春才抬頭向天上望了望，說：

「妳瞧，這月亮多圓多大！」

「真是的，從來沒見過。」莫太太圓潤的臉上，又現出了微笑。

莫啟春邊攙扶著她上臺階，邊打趣說：

「以後要想看圓月亮，就來紐西蘭。」

莫太太狐疑地望著莫啟春，說：

「你是說，外國的月亮圓嗎？」

說完，二老都不禁莞爾笑了起來。

基督城的機場，比一週前熱鬧了些，因為那些原本不相識的遊客，現在都成了好朋友。

雷伊海倫娜夫婦與莫啟春夫婦，合拍了幾張照片，交換了通訊地址後，雷伊說：

「我們的飛機先起飛，所以我們不得不進去了。」

莫啟春緊握住他的手說：

「衷心地祝福你們。」

雷伊說：

「你知道嗎，我一生做過兩次重大決定，一次是三十四年前，我下決心離開祖國；一次是前幾天，我又決定永久搬回祖國。而你們，是我下第二個決定時的重要人物。」

莫啟春笑著說：「可是你卻幫助了我下決定。」

雷伊也笑著說：「我很高興你們決定留在臺灣，這樣至少以後我和海倫娜到臺灣來旅行時，能有個朋友。」

這時海倫娜抱住莫太太，依依不捨地在她臉頰親了下。

然後雷伊與海倫娜進入出境室，他們頻頻回首向莫啟春夫婦揮手，直到兩人的白髮隱沒在旅客人群中。

在回威靈頓的飛機上，吃點心時，機長廣播飛機正飛越過冰河區上空，旅客們紛紛從窗口向下望。

那層層覆雪的山巒，在波音七四七的底下，顯得比坐小飛機臨近觀賞時要遠、要小，但是卻更浩瀚。

莫太太臉頰貼著窗口，問道：

「看得出來哪一天，我們是在哪一個區域飛行嗎？」

莫啟春瞄了下窗外說：「實在看不出來。」

他說完，就放倒椅背，扣上夾克，閉目養神去了。

「又要睡了嗎？沒多久就到了。」莫太太說。

「我知道。讓我休息一下，就算是我這老年人的固執吧！」

說話時，他連眼皮都沒睜開一下。

三民叢刊好書推介

241 過門相呼　黃光男

此地風情映著雲影，倒可優哉游哉；徜徉半晌，看過舊識依序來此。心仍未靜，只好學著「過門更相呼，有酒斟酌之」了。

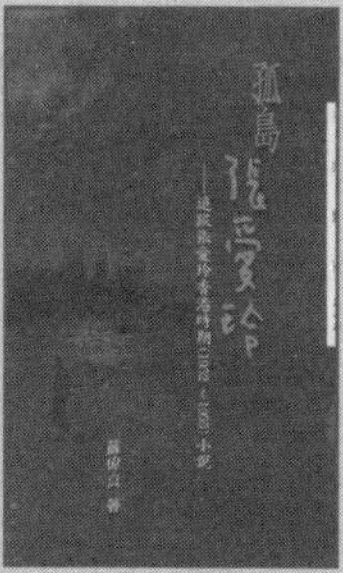

242 孤島張愛玲——追蹤張愛玲香港時期（1952—1955）小說　蘇偉貞

香港，連結她「天才夢」的起點及小說創作的終點港口——走著張愛玲走過的路，以她的眼光回望一切，蘇偉貞以嚴謹的文學研究，眺瞰張愛玲的文學歷程，成就了一本張學經典。

243 何其平凡——何凡散文　何凡

秉持「原子筆報國」信念，握筆寫作逾一甲子，何凡以九十餘歲的高齡，在人生閱歷臻至成熟的白金時代，用「何其平凡」之筆，寫下「何其不平凡」的識見。

245 孤蓬寫真　陳祖耀

從襁褓中即開始逃難，生命如一枝孤蓬，到處飄泊，歷盡風霜而終於平靜閒淡。本書是作者自敘生平，將一生歷練及所聞所見娓娓道出，情隨筆現。

249 尋求飛翔的本質——關於藝術和藝術家的札記　孟昌明

從畫家的角度，作一次感性的透視——「每日五分鐘，你可以記住一個藝術家或是一件優秀的藝術品。」在輕鬆閒暇、茶餘飯後，本書將和你一起探聽藝術家的心聲，暢遊藝術的海洋。

250 紅紗燈　琦　君

記憶中一盞古樸的紅紗燈，那是外祖父親手為她糊的。無論哀傷或歡樂，數十年的生活經歷似乎被凝縮在溫馨的燈暈裡，化作力量，給予她信心與毅力……

252 靜寂與哀愁　陳景容

您去過國家音樂廳嗎？您可曾注意到大廳裡那幅臺灣少見的大型濕壁畫？且讓作者為您細數點點滴滴，讓您親臨創作現場，一同見證藝術的誕生。

253 與書同在　韓　秀

臺灣一年有多少本書面世呢？三──○○○○以上，沒錯！四個零。面對書山書海，是否有不知如何選書的困擾？與書生活在一起的韓秀，將帶領您超越藩籬，進入書的世界裡。

254 用心生活　簡　宛

用心生活是簡宛的生活寫照。本書收錄她近年來的作品，包括書情、友情、愛情、旅情與世界情。在紛擾多變的世界中，讀簡宛的書，也讀出了生活的甘美和真誠。

256 食字癖者的札記　袁瓊瓊

您對文學莫名其妙地熱中，有不讀書會死的焦慮嗎？此病無藥可醫，只能以無止盡的閱讀緩解症狀？恭喜！您罹患了一種精神官能症──「食字癖」。

257 時還讀我書　孫　震

「他鄉生白髮，舊國見青山」，所見的不只是天地悠悠，更有生命的尋思與豁然。談人生點滴，敘還鄉情怯，言師友交誼，以髮上青春的墨色，留下扉間歲月的字跡。

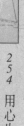

258 私閱讀

蘇偉貞

私之閱讀，閱讀之思，寫書、讀書、評書，與書生活在一起的「讀書人」蘇偉貞，以她獨特的觀點，在茫茫書海中取一瓢飲，提供您私房「讀」品，帶您窺伺文字與靈思的私密花園。

259 西遊記與中國古代政治

薩孟武

優秀的學者總能從耳熟能詳的故事中闡述道理，本書作者正是這樣。他從西遊記裡摘了些段子，說明政治的原理及中國古代政治現象。想知道有哪些精彩妙喻嗎？就請您自己來看囉！

262 禪與老莊

吳 怡

由慧能開創出來的中國禪宗，實已成為中國人特有的佛學。本書以客觀方法，指出中國禪和印度禪的不同，並正本清源，闡明禪和老莊的關係，還給禪學一個本來面目。

263 在心集

彭 歌

王勃有謂：「老當益壯，寧移白首之心，窮且益堅，不墜青雲之志。」正是懷著這種純情丹心，本書作者細緻地寫下了心中點滴，成就一本用心之作。

國家圖書館出版品預行編目資料

南十字星下的月色／張至璋著．－－初版一刷．－－
臺北市；三民，2003
面；　公分－－(三民叢刊．248)

ISBN 957-14-3815-4　(平裝)

857.63　　　　92009650

網路書店位址　http://www.sanmin.com.tw

著作人　張至璋
發行人　劉振強
著作財產權人　三民書局股份有限公司
臺北市復興北路386號
發行所　三民書局股份有限公司
地址／臺北市復興北路386號
電話／(02)25006600
郵撥／0009998-5
印刷所　三民書局股份有限公司
門市部　復北店／臺北市復興北路386號
重南店／臺北市重慶南路一段61號
初版一刷　2003年6月
編　號　S 85609-0
基本定價　貳元肆角
行政院新聞局登記證局版臺業字第〇二〇〇號

ISBN　957-14-3815-4　(平裝)

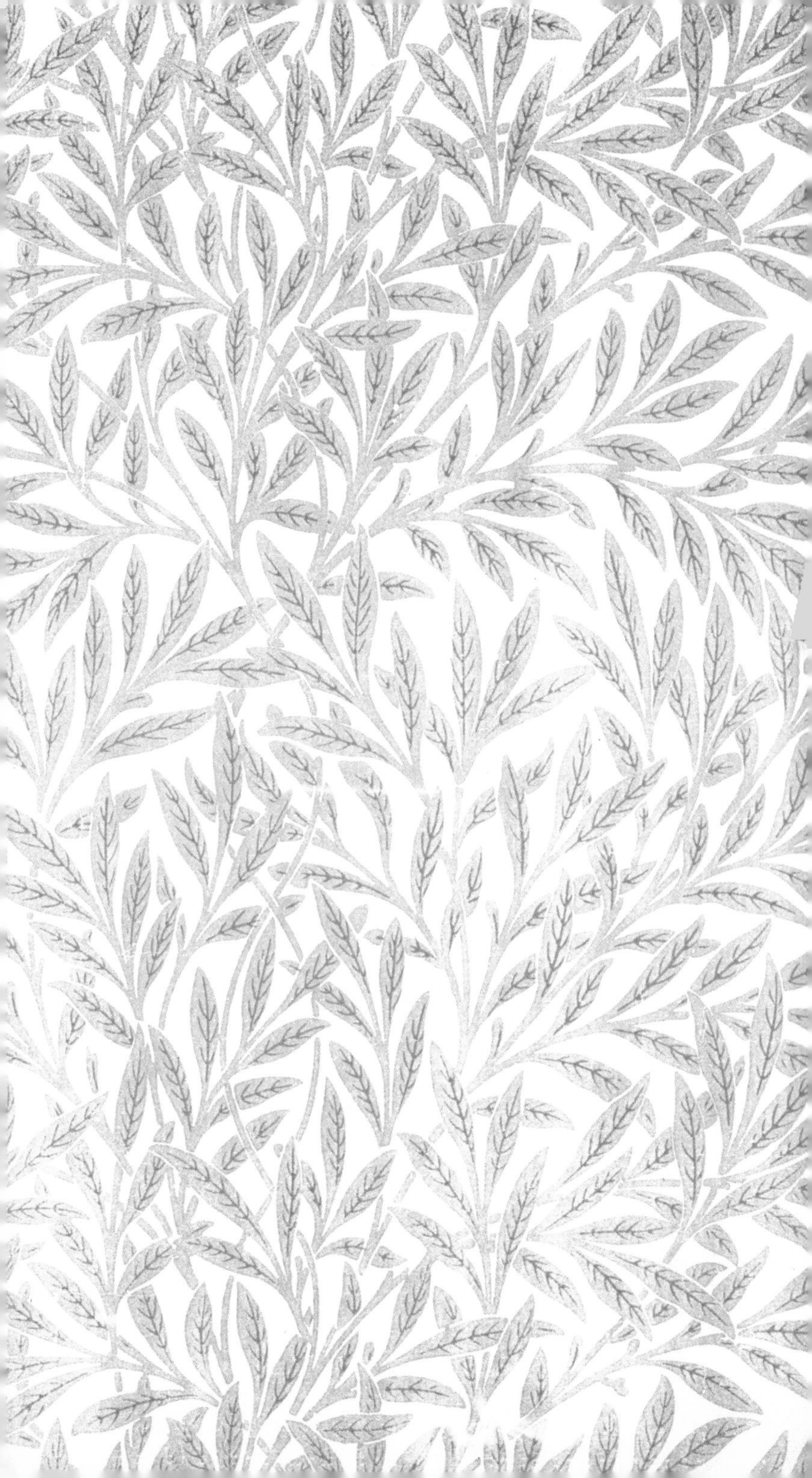